アーサー・アマディアス・ランドール

ノーザンヒール王国の第一皇子で、世継ぎの王太子。
正義感が強く、民に寄り添う優しさもあわせ持つ。

ノーザンヒール

ニアージュ地方のある王国の一つ。三十年前の戦いで勝利した「同盟軍」の中心国で、現在もっとも勢力がある大国。

光と影の王［下］ 反逆の故国

LYNX ROMANCE

CONTENTS

光と影の王[下] 反逆の故国

第三章

1

「――裏だ。レイモン、二人連れてまわりこめ」

闇の中でかすかに動く濃淡の影を確認し、アーサーは吐息だけで指示を出した。

「わかった。手筈《てはず》通りにな」

応えたレイモンが合図をして、二人の兵とともにそっと後方へ離れていく。

「気を抜くなよ」

その背中に呼びかけた声に、振り返ったレイモンが、ああ、としっかりうなずき、安心させるように小さく笑ってみせた。

こうして組織だてた奇襲もすでに五度めになる。それ以前のもっと大雑把な、というのか、場当たり的な戦闘を含めると、おそらく十や二十は数えられるだろう。自分たちが囲まれたことも、追われていた兵士たちを助けたこともある。

大小の怪我《けが》はあったが、なんとか生き延びてこられた。それだけ経験を積んだということでもあるが、慣れは油断を生む。

一度の油断が死につながるのだ。取り返しがつかない。

アーサーが故国ノーザンヒールで脱獄してから、そろそろ二年だった。

当然アーサーの生活は、それまでとはまるで変わっていた。王太子として多くのお付きの者にかしずかれる華やかで贅沢《ぜいたく》な王宮での暮らしから、顔を伏せ、姿を隠して逃げまわる逃亡者に。

寝床や食事なども、昔とはずいぶんと変わった。染みのついた粗末なシーツやガタつくような硬いベッド、野菜の切れ端だけが浮かぶスープ。

ただアーサーにしてみれば、それらのことは苦ではなかった。

王宮から抜け出したあと、追っ手の追跡が厳しくなった王都をいったん離れ、逃亡の最中に身を隠すために農家で働いたり、山で野宿をしたりということもめずらしくなかった。そんな状況ではあったが、新しい体験を楽しんでもいた。

自分がノーザンヒールの皇子ではなく、普通の貴族の子弟であれば、あるいはあの反乱を機に国を捨て、一人でもっと広い世界へ出てみよう、と考えたかもしれない。そう、ニアージュ地方と呼ばれるこの北方一帯よりも遥《はる》か遠くの――広大な、見知らぬ世界へ。

今も、そんな夢がないわけではない。

しかし命がけで自分を逃がしてくれた者たち、逃亡を助けてくれている者たちの思いはわかっていた。

奪われた故国をとりもどすこと――だ。

初めの数カ月は、散り散りに逃げた仲間たちと合流することで精いっぱいだった。

追っ手の目を逃れながらだったので、うかつに落ち合って一網打尽にされるわけにはいかない。限られた、信頼できる人間を介してしか連絡がとれず、その分、時間もかかる。アーサーが弟のルースと会うだけでも、半年は必要だった。

それでもシルベニウス大佐と再会したのは比較的早く、脱獄してから二カ月ほどたった頃だった。大佐は国境守備のため辺境へ飛ばされていたのだが、王都での反乱が起きた時、いち早く軍を抜け、アーサーたちの逃亡に手を貸してくれたのだ。

もちろん立派な逃亡罪であり、いわば脱走兵という立場になったわけだ。大佐自身、見つかれば厳しい処罰を受ける。

それでも大佐の薫陶を受けた兵士は多く、ノーザンヒール国内の各所に配置されていて、見て見ぬふりで見逃してもらったことは何度もあった。

アーサーの脱獄は、ルースをひとまず安全な場所に預けたのちに都にもどってきたレイモンが中心になって進めてくれたようだった。それからしばらくは、レイモンや他の側近たちの地方の親戚筋を頼るようにして逃げ、追っ手の息づかいを感じるようになると、身分を隠して、季節ごとに手の足りない農家を手伝ったり、漁をしたり、家畜の世話をしたり、あるいは場末の飲み屋で掃除や皿洗いをしながら身を潜めた。

どの街にも数人の協力者がおり、その多くは退役した大佐の部下やらその家族やら、あるいは友人、知人たちらしく、大佐の人脈の広さと、人望をあらためて知ることになった。

自分一人の力では、到底、逃げ切れなかっただろう。

突然の、予想できない反乱だったにもかかわらず、脱出ルートや連絡網などは驚くほど速やかに作られていたのだ。

それでも当初は、追っ手の数も多く、探索も厳しく、きわどい場面も多かった。踏みこまれるほんのいっとき前に、危うく隠れ家を離れたこともあった。

そしてようやく兄弟が再会し、志をともにする馴染《なじ》みの側近たちが顔をそろえたが、だからといって、直ちに決起して王都へ迫るにはあまりにも兵力が足りなすぎた。

ノーザンヒールの王都には、現在、カイルの故国であるロードベルからの兵が多く駐屯しており、都にいるノーザンヒールの兵にしても「父である王を惨殺し、逃亡中である」アーサーをどこまで信用できるのか、混乱しているだろう。決起に合わせて、アーサーたちに味方してくれるとは限らない。

まずは王都にいるロードベルの兵力や、この先の動きを把握する必要があった。

……もちろん、カイルやリシャールの動きも、だ。

そのため、次に落ち合う日時と場所を決め、数人ずつに分かれて北方一帯をまわり、偵察や情報収集を行うことにした。もちろん、追っ手の目を逃れながらの活動だ。

アーサーが決起したとしても、現状のままではとても相手にはならない。一国を相手に、わずかな手勢で立ち向かえるはずもない。

どこかの国との共闘が、絶対に必要だった。

だが、同調してくれる国があるのか。そこと組んだ場合、事後にどんな条件、要求が出されるのか、そのあたりの駆け引きにもなってくる。

一国と組むのはリスクも大きい。水面下でアーサーと盟約を結んだとしても、いつ裏切ってこちらの動きをカイルたちに流すことで利益を得ようとするかわからない。助力を求めるのであれば、慎重に相手を選ばなければならなかった。

実際のところ、同盟国にしても、かつての敗戦国にしても、これまで散々、ノーザンヒールには踏みにじられてきた国ばかりなのだ。

ノーザンヒールをとりもどすために力を貸してほしいなどと頼むのは、もとより相当にバカにした話だった。

大佐はルースを連れ、ノーザンヒールの辺境や飛び地になっている領地をめぐって、その地を守っている守備兵たちと密かに接触を持っていた。かつて大佐の配下だった兵がいるあたりである。今は隊長や指揮官を務めている者も多く、大佐の説得であれば耳を貸すだろう。部隊が丸ごと、アーサーの決起に合わせて動いてくれる可能性はある。

数としてはとても十分とはいえないが、国境守備の兵士たちの中に味方がいるというのは心強く、何かと有益でもあった。アーサーたちが頻繁《ひんぱん》に国境を抜けるのを見逃してもらえるし、部隊から正式な通行証も横流しされていた。……万が一、追っ手に捕まりそうになった時には、その通行証だけは破棄しておかなければ彼らに迷惑がかかる。

アーサーはレイモンや他の数人と行動をともにしていたが、主にかつての戦争でノーザンヒールに敗れた土地をまわっていた。そのあたりでは、今でも残党たちが現在支配している国の隙をうかがい、決起を計っている。

彼らと連携することができれば、少ない兵力に上乗せすることができる。残党たちにしてみれば、結局、ノーザンヒールの間接支配を受けているわけで、その王太子だったアーサーとの連携は、感情的に受け入れがたいだろう。だが今の状況では、いわゆる、敵の敵は味方、という理屈だ。

かつてアーサーが遠征していたアレンダールあたりでは、むろんその時は、アーサーは「反乱軍の鎮圧」に動いていたわけだ。今はアーサー自身が反乱軍になるわけだが、その当時でさえ、極力犠牲者を出さないように、相手を説得することに努めていた。相手の言いたいことを聞く場を持ったということで、前例がなく、彼らにしても少しばかりとまどっていたように思う。

その時に反乱軍の主だった者たちとは顔馴染みになっており、多少のツテもあり、接触することは可能だった。

今アーサーたちがいるのも、そんな反乱軍が息を潜める不安定な地域だった。かつてのアレンダールの一地方、現在はロードベルに併合された一帯だ。

王都で「アーサーの起こした」反乱の結果、ロードベルの世継ぎであるカイルがノーザンヒールの皇女と婚約し、次の王になる――、ということが決まった時点から、ロードベルの勢力はさらに増していた。支配しているアレンダールへの締めつけも厳しくなり、民衆の不満は爆発し、各地で暴動が頻発するようになっていた。

一番最初のきっかけになったのは、たまたま追われていたその反乱軍の残党に行き当たったことだろう。

アーサーにしても、うかつに関わり、自分たちの素性が知られるのもまずかったが、ロードベルの兵たちは捕縛というより、この場で殺すつもりで残党を追いつめていた。ほうってはおけず、反乱軍を助けたことで指導者と会うことができ、その流れで、捕らえられていた彼らの仲間を救出する計画を手伝った。

そんな行動で、ある程度の信頼が得られたのだろう。アーサーたちが決起した時には、アレンダールの主権を回復することを条件に、行動をともにするという盟約も結んだ。

情報収集とともに各地をまわる間に、いくどかそんなことがあった。兵に囲まれた中から逃げるのを助けたり、反乱軍が立てこもっている砦《とりで》に迫っていた兵を追い散らしたり。

そんな実践での経験を積み、少ない人数での奇襲、あるいは逃げる技術も自然と身体《からだ》で覚えていった。

期せずして反乱や暴動の場に行き合わせ、名乗ることもなく助けに入るアーサーたちの部隊はいつしか「白い狼《おおかみ》」と呼ばれ、少しばかり噂《うわさ》にもなっているようだった。……今のアーサーたちの立場では、あまり人の口に上るのはありがたいことではなかったが。

この日、アーサーたちは海沿いの館を奪い返そうとしていた。厳密には、奪い返す手伝いだ。

かつてアレンダールの王族が使っていた別荘で、今もその生き残りである皇子――王国がなくなった今ではそうも呼べないのだろうが――が幽閉されているらしい。

身辺警護、という名目で監視しているロードベルの兵たちを打ち払い、皇子を解放して、この館を地域の反乱軍の拠点にしたいということのようだ。皇子という正統な後継者を旗印にできれば、士気も上がる。

アーサーとしては、できればその軟禁されている皇子と会ってみたいと思っていた。

先の戦争以来、ずっと幽閉状態だったとすると、すでに三十年以上ということになる。そんな状況にあるということも、今まで知らなかった。

夜間の見回りだろう。二人の兵が一応、館の周囲を明かりで照らしながら哨戒《しょうかい》しているようだが、それほどの緊張感はない。旧アレンダール地域では、このところ反乱軍の動きが活発化していることを考えると、もう少し危機感があってもいいと思うのだが、自分のところは大丈夫だろう、という根拠のない自信なのか。

この館を守っているのは、ロードベルから派遣されている一個小隊ほどで、それでも二十人程度はいるらしい。

まあ、なにしろ三十年だ。それだけおとなしくしていれば、正当な血筋の皇子とはいえ、すでに決起する意思などは失《う》せたと考えているようだった。

兵士たちにとっても、こんな小さな田舎町に飛ばされているのは一種の左遷のはずだが、それならそれで、という開き直りなのか、小隊長などはまるで地方領主のような横暴ぶりで、好き放題しているという。金も払わずに酒場で飲んで騒いだり、目についた娘を手込めにしたり。

かつて反乱軍も何度か攻略は試みたようだったが、この町に近づく前に阻止されていた。

だが二年前に兵力の何割かがノーザンヒールへ向けられたため、少しばかり周辺の警備が手薄になり、今回はなんとか入りこめた。

物陰に潜んでいたアーサーは、息を殺して、見回りの兵たちが目の前を通り過ぎるのをじっと待つ。

横にはもう一人、フィルという名のまだ十八歳の若者が一緒だった。真剣な面持ちでじっと闇に目をこらしている。

フィルは王都での異変が起きた二年前、新兵として王宮警備に配属されたばかりで、混乱の中で右往左往しているだけだったらしい。あっという間にロードベルの兵士たちが幅をきかせるようになり、とまどっていた時にアーサーの脱獄現場にたまたま居合わせた。そしてとっさの判断で、そのまま ついてきたのだ。

当時はまだ十六歳で、剣や武術もまだまだ未熟だったが、この二年でぐんぐんと成長していた。移動の合間の、空いた時間にはアーサーやレイモンも稽古をつけてやっていたから、それも当然かもしれない。フィルからすれば、かつてのように王宮で暮らしていたらとても考えられないような、贅沢な時間だ。

目の前を、見回りの兵士二人が通り過ぎる。その背中が見えた瞬間、アーサーはフィルと一緒に飛び出して、背後から密かに襲いかかった。

素早く腕をまわして首を絞め、一気に落とす。

そんなコツも、いつの間にかつかんでいた。

ぐ…っ、と短いうなり声だけで腕の中の男が力を失い、ずるりと地面に崩れ落ちた。

もう一人の方が意外としぶといのか、ジタバタともがいており、大声で叫ばれないようにフィルが必死に口を塞《ふさ》いでいる。

アーサーは横から素早く、その男の腹へ当て身を食らわせた。

ふぅ…、とまだ年若いフィルが、額の汗を拭い、すみません、とあやまってくる。

「いや。急ごう。こいつらはこのままでいい。あとの連中が縛り上げてくれるはずだ」

それだけ言うと、足早に館の通用門へ近づいた。

左右に分かれ、目配せをしてから、アーサーがコンコン、と戸をたたく。

「おう、ずいぶん早かったな」

向こうから暢気《のんき》な声がして、木戸が開いた。

うつむき気味にあえてのっそりと入ったアーサーは、相手がこちらを認識する前に、素早く鳩尾《みぞおち》へ拳《こぶし》をたたきこみ、身体が前のめりに折れたところでうなじに手刀を振り下ろす。ゲッ…、と低い声をもらして、大柄な男が地面へ沈んだ。

「これで三人だな…」

手首をまわしながら、アーサーは小さくつぶやく。

そして男が脇に置いていた明かりを視線で指して合図すると、フィルがそれを持っていったん戸口から外へ出て、大きく円を描くようにして何度かまわす。

ヒューッ、と短い笛のような音がかすかに遠くから響き、フィルは明かりを戸口に置いたまま、通用門は開きっぱなしで中へ入ってきた。

「行くぞ」

短く声をかけると、はい、と硬い調子で返してくる。

庭の木陰から館を眺め、明かりのついている場所を確かめた。そして用心しながら厨房《ちゅうぼう》のあたりへとまわり、勝手口のドアをそっと開く。

すると、年配の女が一人、あと片付けか明日の支度か、作業をしているところだった。

ドアが開いた気配にふっと顔を上げ、瞬間、恐怖に顔を引きつらせる。手にしていた皿が床へすべり落ち、ガシャン…！　と高い音を立てた。

しっ、とアーサーは反射的に口元に指を立て、そして安心させるように笑ってみせる。

「こちらのお館の方ですね？　あなたは殿下のお味方ですか？」

穏やかな問いに、女がぎゅっと両手を胸に重ねたまま、ガクガクとうなずく。

「よかった。では少しだけ、静かにしていていただきたい。我々は殿下を救いにきたのですから」

静かな言葉に、さすがに混乱したのだろう、女がせわしなく瞬《まばた》きする。それでも、叫び出すようなことはなかった。

「おい、何をやってんだっ？　隊長が葡萄《ぶどう》酒を持ってこいとご命令だぞ！　……ちっ、一人でお楽しみだってよ、クソがっ」

と、ふいに横柄な怒鳴り声が廊下から近づき、とっさに中へ入りこんだアーサーは、廊下側の戸口の陰に身を寄せた。指でフィルに指示すると、フィルが作業台の後ろに身体を伏せる。

「……あ？　皿を割ったのか？　とろいバァさんだな…。さっさと用意しろよ！」

まもなく強面《こわもて》の男が顔を出し、いらだたしげに言いながら、のっそりと入ってきた。

「は…はい…」

女が飛び上がるように返事をした瞬間、戸口の陰から姿を見せたアーサーは、男の後ろから鞘《さや》ごと抜き取った剣を思いきり男の首筋にたたきつける。

「なっ…？」

いきなりのことに、男がガクリと膝をつき、それでも片手で首筋を押さえながら、なんとか振り返ろうとする。反対側からもう一度、アーサーが容赦なく殴りつけると、そのまま昏倒《こんとう》して床へ倒れた。

「こいつは縛っておいた方がいいですね」

姿を見せたフィルが、厨房の壁にかかっていた縄を持ち出し、手際よく縛り上げると、猿ぐつわもかませておく。

「殿下がいらっしゃるのは？」

その間に、アーサーが女に尋ねる。

「あ…、二階の……北のお部屋です」

「隊長はふだん、どこに？」

続けて尋ねたアーサーに、女は震えながら、それでもはっきりと答えた。

「あの男は二階の南の部屋を使っています。他の連中はみんな一階に」

どうやら一番いい部屋は、我が物顔で隊長が使っているらしい。

「在駐しているロードベルの兵は全部で二十四人に間違いないか？」

「は、はい」

確認したアーサーに女がしっかりとうなずく。

「他の使用人は、みんな殿下付きの者たちだろうか？」

「はい、若い者はおりません…。私を合わせて五人だけです。……あの、あなた方は本当に殿下を救いにいらしたのですか……？」

驚きと、すがるような思いが入り交じった様子で尋ねてくる。

「その手伝いだ。あなたはアレンダールの人かな？」

その言葉に、パッと女の表情が変わる。

「はい…！」

目に涙を浮かべるように、女がわずかに身を乗り出して答えた。

今はない国――。三十年も昔に失われた国だ。

だが、そこで生まれ育った者たちの心から消えるわけではない。

「すぐにアレンダールの兵士たちが来る。それまで自分の部屋で身を潜めていた方がいい。他の者たちにもじっとしているようにと」

何度もうなずき、女が小走りに庭の方へと走り出た。

それを見送ってから、フィルと視線で合図を交わし、そっと廊下へとすべり出る。

一階のどこかの部屋で酒盛りでもしているらしく、野太い笑い声がかすかに響いている。

用心しながら階段のあたりまでまわりこんだ時だった。

背後にほんのかすかな人の気配を感じ、アーサーはとっさに剣を抜き放って向き直る。

「俺だ、アーサー」

と、ささやく声で返してきたのはレイモンだった。

ホッと息をつき、「何人だ?」と尋ねると、レイモンが指を三本立ててくる。

「こっちは四人だ」

合わせて七人。

レイモンが仲間に合図を送り、二人が玄関へまわると大きく扉を開いた。

すると、待ち構えていたように、アーサーたちのあとから入りこんだ反乱軍の者たちが八人、足音を忍ばせて入ってくる。

「さすがの手際だな…、アーサー殿」

リーダーの男が感心したようにうなずく。

「七人、片付けている。残りは十七人だ。隊長以外は一階にいるらしい。寝ているのと、……そこで騒いでいる連中だろう」

アーサーが一方を顎《あご》で指すと、よし、と男が大きくうなずいた。

この館にいる小隊は、隊長を含めて二十四名。うっかり見逃してしまうと、早々と近くの駐屯地へ報告が行き、面倒なことになる。もらさず、押さえておく必要があった。

「俺はフィルと二階へ上がる。レイモン、そっちを手伝ってくれ」

その指示に、レイモンはわかった、とうなずき、素早く二手に分かれた。

ゆっくりと階段を上り、明かりのもれている中央の部屋の前に立つ。そっと息を吸いこんで、剣を握り直し、軽くノックをしようとした時だった。

「……やっ…、いやぁっ！　やめてっ！　離して……っ！」

甲高《かんだか》い女の叫び声が中から響き、アーサーはとっさにドアを蹴破るようにして中へ飛びこんだ。

すると目の前で、若い女をベッドへ押し倒している四十なかばの大柄な男の背中がハッとしたように振り返った。驚愕《きょうがく》に目を見開く。

「な…、なんだっ、きさまは……っ？」

その怒号も耳を素通りし、アーサーは一瞬、立ち尽くしていた。

目の前に、あの時の光景がよみがえる。――父と、リシャールの。

すべてはあの時から始まったのだ。

……いや、そうではない。もっとずっと前から始まっていたのだ。

自分が知らなかっただけで。自分があまりにも無知だっただけで。

自分が何も知らずに暢気に笑っている横で、リシャールはたった一人で耐えていたのだ。助けも求められない絶望の中で。

あの時、自分はどうするべきだったのか――。

今でもわからない。

ただ、間違っていた。

それだけははっきりしているのに。

「アーサー様…っ!?」

と、フィルの叫び声にようやくハッと我に返った。

隊長、だろう、男がとっさに剣を握り、まっすぐアーサーに襲いかかってきた。

「ハァァァ……っ！」

アーサーは素早く剣を構え直し、それを力で押し返す。

「――くっ……！ ……誰かっ！ おいっ、誰かいないのかっ⁉ 敵襲だぞっ！」

あせったように隊長が声を上げてわめいたが、すでに階下ではもっと大きな悲鳴と怒号、叫び声が飛び交っていた。

「くそっ…、何者だっ、きさま……っ！」

叫ぶと同時に、渾身《こんしん》の力で斬りかかってくる。それなりに腕に覚えがあるらしい。

しかしアーサーはいったん上段で受けた相手の剣の重さをしなやかに受け流し、次の瞬間、男の喉《のど》元を切り裂いていた。

とっさによけたが、血飛沫《しぶき》が派手に飛び散る。

ゆっくりと、男の身体が床へ倒れた。

つんざくような女の悲鳴が上がる中で、アーサーはホッと息をついた。

「フィル、あとを頼む」

血を払い、とりあえず剣を鞘へもどすと、アーサーはいったん部屋を出て、北の方へと足を進めた。

一番北にあるドアの前でいったん立ち止まり、息を整えてから、ことさら冷静にノックをする。

どうぞ、という穏やかな返事を聞いてから――邸内の騒ぎや、さっきの悲鳴が届いていないはずもなかったが――アーサーはゆっくりと扉を開いた。

先ほどの隊長の部屋に比べると、ずいぶんと狭く、質素な内装だった。仮にも「皇子」が暮らすには。

窓から差しこむ月明かりだけの部屋は薄暗かったが、それでもベッドの脇のソファに男が一人、ゆったりと腰を下ろしているのがわかる。

四十前後だろうか。寝衣の上に一枚羽織っただけの姿で、すでに床についていたのかもしれない。騒ぎで、さすがに目覚めたのだろう。

状況がわからない中で、しかし男は落ち着いた様子だった。

もはやまわりで何が起ころうと、彼としては関わるつもりがないのかもしれない。俗世から身を引いた聖職者にも似て。

達観――いや、諦念、だろうか。

「夜分に申し訳ありません。……コーネリアス様でいらっしゃいますね？」

静かに尋ねたアーサーに、男がうなずいた。

「いかにも。……君は？」

「アーサー・アマディアス・ランドールと申します」

正式に名乗ったアーサーに、男が一瞬、息をつめたようだった。薄闇の中で瞬きしたのがわかる。

「ノーザンヒールのお世継ぎか…。これは驚いたな」

かすれた声で笑った。

「すでにその立場にはありませんが」

冷静に、アーサーは返す。

ふむ、とうなずいたところをみると、幽閉されている中でも、アーサーの、今の北方の状況はおおよそ把握しているようだ。

「殿下…、いえ、陛下とお呼びすべきですね」

「国もないのに、かね？」

あらためて言い直したアーサーに、コーネリアスが低く口にする。決して皮肉というようでもなく、ただ淡々と。そして軽く肩をすくめた。

「とうの昔に、そのような呼び名は忘れたよ」

アーサーの祖父と父とが、この人を今のような状況に追いこんだ。アーサーが生まれる前から、すでに三十年もの間。

当時…、いくつだったのだろう？　おそらく十歳かそこらだ。処刑するには幼すぎ、民衆の反発を恐れて幽閉という形にしたのだろうと想像はできる。

そして今、アーサーも同様の立場に追いこまれているのだ。

「殿下は…、逃げることはお考えにならなかったのですか？」

少なくとも監視される、不自由な毎日からは解放されたはずだ。自分ならば、とても我慢できないだろう。遊びたい盛りのそんな長い年月、館に閉じこめられて過ごすなど。

「逃げる場所もないからね」

アーサーの問いに、あっさりと男が答えた。

「私が幽閉されることは仕方がない。戦に敗れたのだからね。だが民にとって国を失うことは耐えがたいだろう。ましてや、ロードベルや……、ノーザンヒールの、我が国の者たちへの扱いは聞いているからね」

これは、あるいは皮肉なのかもしれない。

確かに敗戦国の人間に対しては、かなり横暴なやり方だったのだろう。アーサーが生まれる前のことだったにせよ、その現状は今もずっと続いている。

「ここから一歩も外へ出ることがなくとも、話はいろいろと耳に入る」

コーネリアスが静かに笑った。

ロードベルの兵士たちがそんなことをしゃべるはずもないが、使用人たちからだろうか。彼らは町の人間とも多少の交流はあるはずだ。

いや、そうでなくとも、王族であれば密偵のような者が密かについていたとしても、おかしくはない。

「ノーザンヒールが殿下の国に対してしたことを、申し訳なく思います」

目を伏せ、アーサーはあやまった。

「あなたの責任ではあるまい」

悟ったような男の言葉。

「ですが、父の行《おこな》いでした」

「だから殺したのか？」

まっすぐな眼差《まなざ》しでさらりと聞かれ、アーサーは一瞬、言葉を呑《の》んだ。それでも落ち着いて口を開く。

「私が父を弑《しい》したというのは、事実ではありません。おたがいにギリギリのところまで来ていたのは確かでしょう。ただ、私より早く動いた人間がいましたから」

わずかに眉をよせ、ふむ…、と男が顎を撫《な》でるようにうなずく。

「ロードベルのカイル殿かな。それに…、フェルマスの世継ぎだった男が裏で糸を引いていたと聞くが」

その言葉に、一瞬、アーサーは息をつめる。が、それには答えなかった。

アーサー自身、答えようのないことでもある。

ただ、こんなふうに隔離された男の耳にまで入っているのか…、と。

リシャールの悪評は、実際、国中――ニアージュ地方一帯に広がっているようだった。

「リシャール・メイレイン…、といったかな。その男はカイルがノーザンヒールの王となり、新体制ができた時には、真っ先に故国のフェルマスを併合することを公言しているそうだね。自ら故国を消滅させようなどと、否応《いやおう》なく国を失った私たちには想像もできないことだが」

目をすがめ、何か考えるようにコーネリアスがつぶやく。

アーサーもその話は耳にしていた。そのため、リシャールの故国での評判や人気は一気に落ちたようだ。国民からしてみれば、信じていた分、裏切られた、という思いも強いのだろう。

いや、リシャールが故国の王位継承権を捨て、王の愛人になった時にすでに地に堕ちていたようだが、それでもまだ国のために、と擁護する向きはあったのだろう。だがそれも、今や唾棄すべき名前に成り下がっている。

「どう…、お考えですか？」

思わず、アーサーは尋ねていた。

聡明《そうめい》な男に思える。きっと身体が閉じこめられている分、よけいに外の情報には飢えていただろう。できる限り集めたはずだ。そしてそれを分析する時間は、気が遠くなるほどにあった。

「どうとは？」

コーネリアスが首をかしげ、アーサーの意図を探ろうとするように見つめてくる。

「本気で、リシャールが故国を消し去ろうとしていると思われますか？」

真剣な問いに、男が肩をすくめた。

「私にはなんとも。ご本人を知らないからね。たとえば、故国に捨てられたという恨みでもあれば、あり得るだろう。あるいは、カイルがノーザンヒールの王となった時、実質的にノーザンヒール＝ロードベル連合王国が成立することになる。当然、カイルはロードベルを重視するだろうから、フェルマスを含むノーザンヒールはリシャール殿が統括する取り引きが成っているのかもしれない。ノーザンヒールとフェルマスをまとめて統治した方がやりやすいと思ったとも考えられる。……もちろん、もっと別の狙《ねら》いがある可能性もあるだろうが」

「別の狙いというと？」

正直、アーサーには最初の二つはあまりピンとこなかった。

「それはわからないね」

相手が苦笑する。

「ただ…、今の段階であえて公言する必要があることとは思えないが。反感を買うことは目に見えているのだし。引っかかると言えば、そこが引っかかるかな」

そう。そうなのだ。

指摘されて、ようやくアーサーも視界がはっきりとした気がした。そこが気にかかっていたのだ。

ただでさえノーザンヒールにリシャールの味方は少ないだろう。そんな中、さらに自分の発言で、故国の人間の反感を買うことくらい計算できないはずもない。

――どうしてわざわざ……？

思わず考えこんだアーサーに、コーネリアスはさらりと続けた。

「リシャール殿はともかく、あなたの父上にせよ、カイルにせよ、狙いは……望みは同じなのだろう？」

その通りだ。この北方一帯の征服。自分の帝国を築くこと、だ。

「ではあなたの望みは？　アーサー殿。故国の奪還ということかな？」

「ある意味では、そうでしょう」

慎重に、アーサーは答えた。

「だがノーザンヒールは失われたわけではない。支配者が変わっただけでね」

「ええ。ですが殿下もおっしゃった通り、父が望んだものとカイルが望むものは同じですから、このままでは他国にとって…、アレンダールにとってもよい方向には向かわないでしょう。おそらく…、もっと悪くなる可能性がある」

　言いながら、アーサーはわずかに目をすがめた。

　ロードベルの兵力とノーザンヒールの兵力でもって、北方一帯がすべて押し潰《つぶ》される。むしろノーザンヒールの兵士たちは、人殺しの道具として使われることにもなる。

「しかしそれは、あなたがノーザンヒールをとりもどしたとしても、同じことなのではないかな？」

　さらりと何気ないような、しかし核心を突く問いなのだろう。

　そっと、アーサーは息を吐いた。

「私は…、昔、ある男と約束をしました。幼馴染みでもある他国の皇子と。私が王になったら、父とは違う新しい関係を北方の諸国と築こう、と」

　意気込むこともない、ただ静かな言葉に、ほう…、とコーネリアスが小さくつぶやく。

「それで、あなたは私に何を望む？　何を条件にするつもりなのかな？　私にできることはさしてないがね」

　アーサーは静かに首を振った。

「何かを求めて来たわけではありません。強いて言えば…、ご準備を、ということでしょうか」

「準備？」

　コーネリアスが怪訝《けげん》そうに首をかしげる。

「はい。次にもう一度、混乱が起きた時、機を逃さずに動かれますよう。それまでは無益に騒ぐことなく、しっかりと力を蓄えておかれますように」

言外に、できるだけ兵力を温存するように、という意味だ。

「何かが起きると？　ならば、それまで私はここで待っていればいいということかな？」

男がソファの背もたれに身体を預け、どこかうかがうように口にする。

アーサーはそっと吐息で笑った。

「今の私は、殿下に何を言える立場でもありません。殿下が思うように動かれるとよいでしょう。……アレンダールだけに関わる話でもありませんから」

その言葉に、相手がわずかに目を見開いた。

つまり、かつての敗戦国すべてが同時に動くことができれば──、と。

今の宗主国も、せっかく自国の領土とした土地をたやすく手放したがらないはずだ。それだけに、機を逃がさずに、いっせいに立ち上がる必要がある。

「……なるほど」

やがて、コーネリアスが小さくつぶやいた。

「三十年、ただ生かされるだけだった私の、王としての最初で最後の仕事かもしれんな」

旧アレンダールに散った兵士たちを密かに集めること。そして、アレンダールと同様に、かつて国を失った王家の者たちと連携し、同調させること。

「私に約束できることは何もない。ただ、必ず動かなければならない時が来ます」

アーサーは静かに言った。

「賭けになるのだろうな…。とりもどせるか、あるいはすべてを失うか。……だがすでに、私たちには命以外に失うものはないからね」

コーネリアスがひっそりと笑う。そしてアーサーを見つめてうなずいた。

と、その時だった。

「殿下…！」

「コーネリアス様…っ！」

バタバタと騒がしい足音とともに、兵士たちか、使用人たちか、廊下を近づいてくる気配がする。

アレンダールの兵士たちだ。自分たちの王と対面するのを心待ちにしている。

その時を邪魔したくはなかった。

アーサーは今回、アレンダールの残党たちの助力をしたに過ぎない。彼らの勢力が大きくなることは、自分たちの望みとも合致する。が、彼らがこの先どう動くのかは、彼らの選択だ。

それでは、と、アーサーは男に向かって丁寧に一礼した。

「アーサー殿」

背中を向けたアーサーを、コーネリアスが呼び止める。

「またお会いできるだろうな？」

すべてが終わったら。アーサーがノーザンヒールの王となり、アレンダールが一国として、再び表舞台に立つことになれば、正式な場で対面する機会もあるはずだった。

おたがいに一国の為政者として。

そして、もしそうならない時は――ただ、死を意味する。

「そう願います」

静かに答え、アーサーは兵士たちと入れ違いに部屋を出た――。

2

「『白い狼』という連中が、このところあちこちで反乱軍に加担してまわっているようだが…、それがアーサーじゃないかという噂があるそうだな」

カイルがそんなことを言ってきたのは、アーサーが脱獄して二年ほどがたった頃だった。

二年前の政変後、リシャールはカイルの傀儡《かいらい》政権のもとで、人質だった皇子たちの中ではただ一人、国に帰ることなくノーザンヒールに残っていた。

ユリアナ皇女との結婚で、武力でノーザンヒールを支配するのではなく、正式な王になれるのだとカイルに策を与えたのもリシャールだった。そのためにいち早く休養先へ兵を送り、皇女の身柄を離宮へ移した。

そして王が生前、ユリアナ皇女とカイルとの婚姻を決めていたことを大臣たちに証言し、その書状も示してみせた。むろん、それはリシャールが偽造したものだったが。

長く王のもとで補佐官としての仕事をしていたリシャールには、筆跡を真似《まね》るのもたやすかった。

いや、偽物だと誰もが思っていたとしても、あえて口にすることはない。その方が利口だからだ。

リシャールのその案にカイルは飛びついたが、それでも怪訝そうに、そしていかにも皮肉な調子で聞いてきた。

「ユリアナ皇女としては、どうせ夫にするならおまえの方がよかったんじゃないのか？」

しかしそれに、リシャールは鼻で笑った。

「まさか。父親の愛人だった男ですよ？　生理的に受けつけないでしょう。私では無理ですから、あなたに譲るんですよ。けれどもちろん、代わりに私にはそれなりの地位を用意していただきますよ？」

そんなリシャールの要求に、カイルも納得し、ある意味、安心もしたのだろう。

リシャールにしても、欲があってやっていることだと。つまり、同じ穴の狢《むじな》だという安心感だ。

なによりリシャールは自分の手で、カイルの前で、前王を殺害している。実際に手を汚しているわけだ。

その動かしようのない事実が、リシャールがまぎれもない共犯者だという、カイルにとってはある種の証明になっているのだろう。

手を下したのがリシャールだということで、むしろカイルは優位に立っている。……と考えている。

自分からリシャールを切ることはいつでもできるが、リシャールが自分を裏切ることはできないのだ、と。

そしてこの二年、カイルは執拗《しつよう》にアーサーを追っていた。「父殺し」の大罪人として。

『王と政治的に対立したアーサーが逆恨みし、父親を殺して王位を奪おうとしたが、その現場をカイルたちに見つかって捕らえられたものの、隙《すき》をついて遁走《とんそう》した』

という公式な発表は、国民をとまどわせるには十分だった。王宮の官吏たちや、兵たちにとっても同様だったが。

しかし実際に王の遺体があり、アーサーの剣も残されていたのだ。それまでに、アーサーが王と対立していたことも、やはり事実として多くの人間が知っている。アーサーの側近以外であれば、もしかしたら、と思わせられないではない。

前王のオーガスティンは、ノーザンヒールの民にとっては強大な国家を作り上げ、富と繁栄をもたらした誇れる偉大な王だっただけに、その跡を継ぐべき皇子が父を殺害したなどと、国民にとっては複雑な心境のはずだ。

アーサーはそれまで、勇敢で公明正大な、次代を担うにふさわしい王太子として国民にも人気があった。だからこそカイルは、その評価を落とすのに躍起になっていた。比べられることがわかっているからだろう。

弟のルースについては、行方知れず、ということになっていた。……実際にもそうなのだが。兄のアーサーと結託しており、ともに逃げているのか、あるいはアーサーに反対してすでに殺害されているのか――と。

カイルとしてはもちろん、さっさとアーサーを捕らえて処刑したいはずだ。

しかし足取りを追うのは難しく、噂や密告や、見かけた者たちの情報を頼りに兵をやっても、わずかな差で取り逃がしたようなこともある。

しかしそれも、ここ一年ほどはぷっつりと消息が途切れていた。隠れ方がうまくなったのか、姿形が多少変わった、ということもあるのかもしれない。もとより、地方へ行けば行くほど、アーサーの顔など知る者はほとんどいない。

それがこのところ、各地の残党たちが起こしている小競り合いの中で、アーサーではないか、と思われる男が現れたらしい。それも、一度や二度でなく。

そもそも残党や反乱軍というのは、三十年前の戦争で分割された敗戦国の者たちが中心だ。おのずと、それぞれの国があった土地周辺で動くことになる。

そんなあちこちの土地で同じ男の姿が目撃されること自体、めずらしいと言えるだろう。

アーサーがそういった残党に接触するのは、あり得ないことではないと思う。

が、結局のところ。

「噂に過ぎませんから、真偽のほどはなんとも言えませんね。このところアーサーの消息がまったくつかめませんので、誰かがわざとそういう噂を広めている可能性もありますし。あるいは、アーサーの生存を望む者たちの希望が、伝説みたいにそんな噂を生み出したということもあり得る。すでに野垂れ死んでいるか、遠く海を越えて逃げたか、どうとでも考えられますけど。いずれにしても、民衆がアーサーを忘れていないということかもしれませんね」

あえて冷静に言ったシャールの言葉に、どさりと尊大にソファへ腰を下ろしたカイルが忌々しそうに顔を歪《ゆが》めた。

「もうこれ以上は待てんぞっ！」

そして憤然と立ち上がり、吠《ほ》えるように声を上げた。

何をか、というのは、リシャールにもわかる。

実際、これ以上、引き延ばすのは難しそうだった。

「リシャール殿。王の死からもう二年になります。これ以上、国王の不在が続くと、他国につけいる隙を与えることにもなりかねませんよ」

カイルの後ろに立っていた男が、静かに口を開いた。

オレグという、三十代なかばで狡猾《こうかつ》そうな男だ。二年前の政変のあと、ロードベルから送りこまれたカイルの側近である。

そちらにうなずくようにして、リシャールは言った。

「そうですね…、皇女様のお加減もまだ本調子ではありませんが、そろそろ心を決めていただいてもいい頃でしょうね」

カイルとしては「皇女の夫」という立場がなにより必要であり、それが前提で、現在は摂政の地位にある。父王の喪が明けた一年後に、すぐにでもユリアナ皇女と結婚し、名実ともに「ノーザンヒルの新王」という地位を得たかったはずだが、皇女が頑《かたく》なにそれを拒んでいた。

カイルの方では、力ずくでも、という気持ちはあっただろうが、無理をして自害でもされたらカイルの政治的な立場も揺らいでしまう、とリシャールがなだめていたのである。

表向きは、兄が父王を殺したという衝撃が強く、皇女は体調を崩しており、気持ちが落ち着くまで待っている――、という、聞こえのいい理由になっていたが。

もしもユリアナ皇女が命を絶つようなことがあれば、その下の皇女はまだ十四歳だ。さすがにカイルが妻にするには幼すぎ、少なくともあと二、三年は待たなければならない。

それがわかっているだけにカイルも今まで我慢していたようだが、さすがに限界らしい。

ロードベル本国にしても、カイルがノーザンヒールの王となれば、事実上の連合王国が成立することになる。この北方の半分が一つの国家になるのだ。それだけの武力をもってすれば、残りの半分も手に入れることは難しくない。

死んだオーガスティン王の野心が、自らの死で叶《かな》うことになるのだ。

「しかし、皇女がおとなしく言うことを聞くか……？」

いらだたしげに爪を噛《か》みながら、カイルがうかがうように尋ねてくる。

実際のところ、昔からユリアナ皇女はカイルを毛嫌いしていたのだ。これまで何度も謁見は申し込んでいたが、ことごとく断られている。

「聞いていただくしかないでしょうね」

「できるのか？」

「方法はいろいろとありますから」

さらりと言ったリシャールに、カイルが皮肉な笑みを浮かべてみせる。

「恐《こわ》いな…。ま、さすがは『闇の宰相』と呼ばれるだけのことはある」

カイルは現在「摂政」という地位で、ノーザンヒールに君臨している。国王の座が空位である現在、政治的にも軍事的にも、最高権力者と言っていい。

リシャールは筆頭政務官という立場で、その補佐についていた。

が、ノーザンヒールでの細かな政務についてはリシャールの方がくわしく、カイルがやり方を変えるにしろ、今は国を安定させることが急務だ。そのため、カイルの名で多くの命令が出されているにせよ、実際にはリシャールがほとんどの政治的、経済的な政策を打ち出している――と言われており、実際にそうだった。

つまり、リシャールがカイルを裏から操っている、というのが、国内外を問わず、暗黙の了解事項なのだ。

カイル自身、そう言われていることはわかっているわけで、本来、カイルの性格からすれば、到底我慢できないことだろう。

だが逆に、カイルとしては、今はリシャールを利用しているつもりなのだ。リシャールを使ってノーザンヒールの政治経済をできるだけ早く安定させ、なにより、旧ノーザンヒールの残党たち、貴族たち、あるいは新しい政治体制に異を唱える官吏や軍人たちの処刑や粛清を、すべてリシャールにやらせていた。

そういった者たちの敵意や憎悪は、むしろカイルよりもリシャールに向く。

そうでなくとも、前王に身体で取り入った「愛人」であり、その王が死んだら変わり身も早く新しい権力者にすり寄ったと見られているわけで、おそらく王宮中から侮蔑《ぶべつ》の目を向けられている。

いや、王宮内だけでなく、ノーザンヒールの国中、そして故国のフェルマスでも、今のリシャールに対しては失望と嫌悪しかないだろう。

なにしろ、その故国をノーザンヒールに併合しようとしているのだから。

実際、今のリシャールの権力は大きい。王宮の者たちも、表向きはリシャールの命令に唯々諾々《いいだくだく》と従っていたとしても、腹の中では恨みと憎しみが渦巻いているはずだ。

リシャール自身、よくわかっていたが、特に気にしてはいなかった。そんなことは問題ではない。

「人聞きが悪いですね。説得がうまいと言っていただきたいところですが」

リシャールがしなやかに肩をすくめてみせる。そしてちょっと考えこんだ。

「では、挙式は……」

「できるだけ早く、だ」

カイルが急《せ》くようにして主張する。

「とは言っても、準備もありますから。戴冠式も同時にされたいでしょう?」

戴冠式、という響きに、一気にカイルの相好が崩れた。

「そうだ。もちろんだな」

あからさまに目を輝かせる。

「承認やお披露目《ひろめ》の意味もありますからね。北方の各王家からも、身分ある方々に出席していただく必要がありますし」

「そうだな…。では、半年後でどうだ?」

「わかりました。そのくらいで調整してみましょう。……それまでには、アレンダールあたりの反乱軍も抑えこんでいただきたいですね。ロードベルのお膝元なのですし?」

いくぶん皮肉な調子だったが、カイルはいよいよ王位に近づいた喜びで気にした様子もなく、オレグが少しばかり渋い顔をしただけだった。

「俺が正式なノーザンヒールの王となれば、おまえは名実ともに宰相というわけだ。……しかし、いいのか？　宰相の身分で」

うかがうようなカイルの問いに、リシャールは肩をすくめるようにして答えた。

「私は王になる必要はないのですよ」

「実権が握れれば、か？」

「そういうことです」

静かに微笑《ほほえ》む。

「あなたがノーザンヒールの王となれば、いずれロードベルとの連合王国が成立することになる」

続けて言ったリシャールの言葉に、オレグがさらに眉を寄せた。

「まさか貴殿は、ノーザンヒールの宰相ではなく、連合王国での宰相を望んでおられるのか？」

「違いますよ」

そちらに視線をやり、あっさりとリシャールは否定した。

「私が望んでいるのは連合王国の宰相などではありません。帝国の宰相ですよ。北方一帯をすべて統一した大帝国のね」

あまりに大きな野望に、あっ、とオレグが息を呑む。頰《ほお》がわずかに引きつった。

かまわず、リシャールはカイルに視線をもどし、ゆったりと微笑んでみせた。

「それともあなたは、連合王国の国王程度で満足するつもりなのですか？」

一瞬、目を見開いていたカイルが、ハッと我に返ったように声を上げた。

「いや、まさか…！　……だが、おまえはそこまで考えていたのか……？」

必死に興奮を抑えるように顎を撫でながらも、カイルの声はうわずっている。

「はっきりと言わせてもらえば、私はどちらでもよかったのですよ。あなたでも、オーガスティン陛下でも。ただ、あなたと組んだ方がより現実的でしたからね。北方地域の二大大国であるロードベルとノーザンヒールが一つの国家となれば、残りを併合するのは容易ですし」

さらりと言った言葉に、カイルが喉の奥でうなる。

そんな表情を横目に見ながら、リシャールは何気ない様子で立ち上がった。

「さあ…、では私は皇女様の御機嫌うかがいにまいりましょう」

「あ、ああ…、頼む」

どこか上《うわ》の空でカイルが返し、リシャールは落ち着いた様子で部屋を出た。

風の心地よい季節で、部屋のテラスへの扉も、廊下側のドアも開けっ放しだ。今の状況で、そこまで聞かれて困る話をしていたわけでもない。

ドアを出てすぐのところに、見覚えのある侍女《じじょ》が一人、ひっそりと控えており、リシャールはその顔を認めて軽くうなずいた。

ニナだ。しばらく中の話を聞いていたのだろう。

リシャールが去ったものと思ったらしく、中からカイルたちの話し声が低く聞こえてくる。

「……本当に、あの男を宰相の地位につけるおつもりですか？　カイル様」

オレグの声だ。

本国から命《めい》を受けてきたカイルの側近で補佐ではあるが、お目付役という立場でもある。

ロードベルの国王にしても、長く離れていた息子だけにどんなふうに育っているのかの実感がなく、若いだけに不安に思うところもあるのだろう。カイルの気がまわらないあたりのフォローができるように、という配慮だ。

「状況次第だな。使えるようならそれでもいい。しかし…、リシャールがそこまで考えていたとはな。なるほど、帝国か……！」

笑いをこらえるような、どこか高ぶった声だ。

「確かにロードベルとノーザンヒールが一つの国となれば、次にこの北方一帯を統一することも不可能ではない。……それにしても、野心的な男ですな。あのような男が、宰相の地位に甘んじているとは思えませんが……」

オレグが低くうなる。

「こちらに兵だけ出させておいて、最後にあの男がすべてを乗っ取るつもりかもしれませぬぞ？」

側近らしい、うがった見方だ。

「油断はしていないさ。リシャールには俺がノーザンヒールの正式な王となるまでの、楯《たて》になってもらっているだけだ」

「楯、ですか？」

「ああ。皇女の夫とはいえ、俺がノーザンヒールの王位につくことを快く思わない連中は多かろう。だがそんな連中に、リシャールはさらに憎まれている」

「そのようですな…。ですから、殿下があまりあの男を重用するのもいかがかと」

「逆だな。恨みを買うような面倒なことを、今はリシャールにやってもらっているだけだ。あの男はいい人身御供《ひとみごくう》になる。俺が王となったあと、いずれ何か理由をつけて処刑すれば、それだけで俺の評価は上がろうというものだ」

「なるほど…。そこまでお考えでしたか」

オレグが感心したような声をもらした。

リシャールはドアの外で壁にもたれたまま、口元に小さな笑みを浮かべる。

もちろん、カイルの狙いはわかっていた。

「ただ、あの身体は殺してしまうにはあまりに惜しい…。今までに抱いたどんな女よりもいい。反応も締まりも…、アノ時の顔も。王がのめりこんだのもわかるな」

何か思い出すように、いくぶんかすれた、下卑た声でカイルが言葉をもらす。

「殿下、どうか深入りされませんように。ノーザンヒールの前王もあの男のせいで命を落としたようなものだと、王宮中で噂されておりますぞ」

いくぶん声を潜めたオレグの言葉に、カイルが鼻で笑ってあっさりと返した。

「実際にリシャールが殺したんだがな。王を手にかけたのはあの男だ」

「なんと……!?」

どうやら今まで、そのことは伝えていなかったらしい。

実際、あの時、あの場所にいたのは、カイルの他はすべて、潜入していたフェルマスの兵士だった。

そして、アーサーと、だ。

「やはり危険ですな…。利用できるうちはよいのですが、皇女とご結婚後は速やかに始末した方が」

オレグが低くうなった。

「案ずるな、オレグ。当面、皇女と共同統治ということになれば、俺もうかつに他の女に手を出すことはできまい。俺としても、リシャールがいてくれた方が身体の方もまぎれるというものだ。気位が高く箱入りの皇女殿下では、さして閨《ねや》で楽しめそうもないしな…。あの男ほどうまくもあるまい。野心はあるだろうが、まあ、俺が満足させてやっている間は、リシャールも俺に逆らうようなことはないさ」

「だとよいのですが……」

自信ありげなカイルの高笑いに、オレグが慎重な言葉をもらす。

そんな会話だけを聞いて、リシャールはそっと部屋の前から離れた。

結局は騙《だま》し合いなのだ。おたがいに相手を信用しているわけではない。

必要なのは、相手に欲をかかせることだった。より大きな獲物を目の前にぶら下げてやる。それで、思うように動かすことができる。

視線で合図をすると、一、二歩後ろからニナがついてくる。

「ちょうどよかった。一緒に来てくれ」

いったん執務室へ寄って日程を確認してから、二人が向かったのは、王宮から広い庭を挟んだ離宮の一つだった。

ユリアナ皇女がひっそりと暮らしている場所である。

二年前、実質的には拉致に近く、強引に王宮へ連れもどしたユリアナ皇女に、「亡き陛下からのお許しもあったので」とカイルが正式に求婚したのだが、初めは会うことさえ拒否されていた。王の生前からカイルはユリアナ皇女を狙っていたが皇女の方が嫌っていたし、皇女にしてみれば、兄が父を殺したなどという信じられない状況で混乱している最中《さなか》、国を乗っ取られ、こんなふうに強引に連れてこられたのでは、さらに態度が頑《かたく》なになっても当然だった。

それで、リシャールはなんとかカイルをなだめていたのだ。

とりあえず、一年の喪が明けるまで待つのは当然だが、そのあとも皇女の気持ちが落ち着くまで、少なくとも寝たり起きたりの皇女の体調がもどるまで、と、できるだけ長引かせた。

「あまり強行にことを進めると、皇女の反発を買うだけですからね。じっくりと待ってみせることで皇女のお気持ちも、廷臣や民衆の反感も収まるでしょうし。器の大きさを示すことができるというものですよ」

カイルとしては一刻も早く形を整え、名実ともにノーザンヒールの王として立ちたいところだから、実際、なだめるのはかなり苦労した。

「皇女にうかつに手を出さないでくださいね。結婚前に自害などされたら、すべてが水の泡です」

危ういものを感じて釘《くぎ》を刺したシャールに、カイルは鼻を鳴らし、いかにも自信ありげに笑ったものだ。

「満足させてやればいいんだろ？　先に一発やった方が手っ取り早い」

「気位の高い方ですからね。そんな恥辱を味わうくらいなら、塔から飛び降りかねませんよ。伽《とぎ》の相手など、お望みのままでしょう？」

「おまえでもか？」

にやりと意味ありげに尋ねたカイルに、リシャールはさらりと返した。

「お望みでしたらね」

まともな味方もいない皇女に拒否する力はない。とはいえ、死なせてしまったら大義名分が失われる上、国内外の反発も強くなる。

そのくらいはカイルにも計算できるようで、不承不承、引き下がっていたのである。

ニナをともなって離宮を訪れたリシャールに、館の周辺を警備していた兵たちが頭を下げてくる。

そして許しも請わずに中へ入ると、そのまま、まっすぐに二階の部屋へと足を向けた。

許しなど待っても意味がないのはわかっていた。皇女がいることは知っていたし、正式な対面を、皇女が受け入れることはない。

それでも、リシャールの姿にあわてふためいた侍女が一歩先に飛びこんで知らせていたのだろう。

「何のご用ですの？」

居間の窓から、小さな池に反射する夕陽《ゆうひ》を眺めていたユリアナがふっと振り返って、リシャールをまっすぐににらみつけた。

相変わらず硬い表情で、髪なども整えることなく落としたまま、少しばかりやつれて見える。

以前は、本当に闊達《かったつ》で明るい少女だった。リシャールの姿を見つけると、遠くからでも大きな笑顔で走り寄ってくるような。

今、自分を映す瞳には憎しみしかない。

無理もなかった。憎むべき男のもとに嫁ぐ身で、それを画策したのはリシャールなのだ。

いや、それ以前に父親を誘って堕落させ、死に追いやった男だ。実際にリシャールが手にかけたことは知らないにしても、アーサーが殺したとは信じていないだろう。それでも、父と兄との間の溝は、リシャールが作ったのだと理解している。そしてそれは、間違いではない。

「あなたの顔など見たくもありませんし、同じ空気を吸うのもおぞましい…！」

あからさまに顔を背け、両腕で自分を抱くようにして身震いし、皇女が辛辣《しんらつ》な言葉を吐き出す。

しかしそれにたじろぐことなく、リシャールは静かに微笑んで言った。

「本日は幸せな花嫁のご機嫌うかがいにまいりました。挙式の日取りが正式に決まりましたので」

その言葉が出た瞬間、皇女の表情が一気に硬く強《こわ》ばった。

まわりにいた侍女たちからも、小さな悲鳴のような声がこぼれる。実際、ここまでなんとか引き延ばされていた処刑の日が決まったかのような心地なのだろう。

かまわず、リシャールは淡々と続けた。

「式が終わるまで、この者をおそばにおつけください。ニナと申します」

数歩後ろに立っていたニナが、丁重に膝を折って挨拶《あいさつ》する。

それを冷ややかな眼差しで眺めやって、皇女が固い口調で返してきた。

「見張りというわけですか？　この期に及んで、私は逃げたりはいたしません。この国の皇女として、できる限りのことをするつもりですから。あなたにもカイルにも、思い通りにはさせません」

「ご立派なお覚悟です」

リシャールはにっこりと微笑んで、ことさら慇懃《いんぎん》に一礼してみせる。

「この国の王はお兄様です。カイルなど王として認めることはできません…！」

「生きているかもわからないのに？」

声を上げた皇女に、リシャールは鼻で笑うように口にする。唇を噛《か》み、それに皇女が言い返した。

「アーサーは死んでなどいませんっ。必ずこの国をとりもどしてくれます！」

そんな言葉に、リシャールはわずかに視線を落として唇だけで微笑んだ。

「別にノーザンヒールは他国に征服されたわけではありませんよ。新たな支配者を戴《いただ》くだけです。実に平和的な政変だとは思いませんか？　かつて、あなたのお祖父《じい》様やお父上が力で他国を踏みにじって支配したよりは、遥かに流れた血も少ない」

「そんな…、それは違う話でしょう！」

「見方によりますよ」

とまどいつつも声を上げた皇女に、リシャールはさらりと言った。

実際、それをどう受けとり、解釈するかは立場の問題でもある。

かまわず、リシャールは淡々と続けた。

「式は半年後になります。内外への正式な告知は三カ月前になってからですが、各王家にはもう少し早くお知らせすることになるでしょう。アーサーは逃げ出しましたが、あなたは逃げずにあなたの国を守っていただけることを期待していますよ」

丁重な口調で、明らかな皮肉だった。勝ち気な皇女への対処方はわかっていた。正直なところ、ここで逃げられたら元も子もない。

「恥知らずっ！　あなたに兄の名を口にしてほしくありませんっ。あなたのような人を信じていただなんて、本当に愚かだったわ…。あなたは昔からずっと、私たちを騙してきたのに…！」

怒りと悔しさで目を潤ませながら、皇女が声を震わせる。

「結果はさして変わりませんよ。それより、カイル殿に対して媚《こ》びを売れとは言いませんが、もう少し穏やかに対応された方がいいでしょう。ヘタに怒らせて、純潔な花嫁になる前に陵辱《りょうじょく》されたくはないでしょう？」

リシャールの忠告に、皇女が息を呑んで顔色を変える。

「ケダモノが…っ」

そしてとっさに顔を背けて、吐き出すように言った。

それでは、と、リシャールはちらっとニナに視線をやってから、皇女の前を辞した。

皇女付きの侍女は昔からそばで仕えている者たちが多く、当然、皇女には同情的だ。ニナはあからさまに敵と見なされ、風当たりが強いだろうから気の毒だったが、必要なことだった。皇女に勝手に動かれても困るし、何かあった時、巻きこまれても困る。

あるいは……、アーサーかその同志たちが接触してくる可能性もあるのだ。

正式な婚姻が迫れば、それこそ逃がしにくる可能性も。

一人で館の外へ出てそっと息を吐き、リシャールはふと、誘われるようにそこから続く裏庭の方へと足を向けていた。

実際に続いているかはわからなかったが、方角はそちらだ。

人気《ひとけ》のない小道を抜け、庭伝いにぐるりとまわりこむ。と、馴染みのある小さな東屋《あずまや》が目に入った。

昔よく……、休んでいた場所だ。本を読みながら。

スクルドと——時折、アーサーが顔を見せた。

やわらかな風が頬を撫で、一瞬に昔の思い出が押し寄せて、胸が詰まりそうになる。

わんっ！　とスクルドの鳴き声も聞こえた気がした。と思ったら、本当に見慣れた大きな犬がうれしそうに駆《か》け寄ってくる。

「スクルド……」

生まれたばかりの時にもらったスクルドは今では立派な成犬で、すらりとしなやかな身体をリシャールの足にすり寄せてきた。

最近はほとんどかまってやることのできないスクルドは、基本的には放し飼いなので、自由に王宮内をうろついている。世話係はいるので、餌はきちんともらっているはずだ。

しかしリシャールが仕事で王宮内にこもりがちになっているため、スクルドは淋《さび》しがっているようだった。

リシャールにしても、スクルドが手元にいれば慰められる。だが同時に、アーサーとの幼い日を思い出してしまう。

と、リシャールはスクルドの尻のあたりに、血がこびりついたような小さな怪我の痕《あと》を見つけた。石か何かをぶつけられたように、わずかに毛が剝《は》げている。

ハッとリシャールは息を吞んだ。

……自分の犬だから。腹いせのように、誰かに石を投げられたのだろうか。

リシャールは無意識に地面へ膝をつき、腕をまわしてぎゅっとスクルドの身体を抱きしめた。

やわらかな毛が肌に触れ、温《ぬく》もりがじわりと伝わってくる。くぅん…、となだめるように小さく鳴く。

ごめんね、とリシャールは小さくささやいた。

「あと…、半年だから……」

それで、すべてが終わる――。

3

　アーサーがその酒場へ足を踏み入れた時、愚痴とも噂話ともつかない男たちの話し声がボソボソと聞こえていた。

「ひでぇモンだよなァ…。まったく悪魔だよ、あの男は」

「ああ…、『闇の宰相』ってヤツだろ。この間の争乱じゃ、十人以上、あいつに公開で処刑されたってさ…。ゾッとするぜ」

「そんなヤツに牛耳られてちゃ、この先、この国もどうなるんだかなァ…」

「けど、ご成婚されたら皇女様が女王になるんだろ？　少しは変わるんじゃねぇのか」

「共同統治ってことらしいぜ。つっても、やっぱ、実質的にはダンナになる男が治めるってことだろうし」

「ロードベルの皇子だろ？　そいつが結局、闇の宰相の言いなりだっていうじゃねぇか？　ホントなのか？」

　真夜中を少し過ぎたくらいだろうか。

　常連らしい客たちもすでに酔っぱらい、隣の客の顔もわからなくなっている時間帯だ。

　マントについたフードを目深に被《かぶ》り、――とはいえ、こんな田舎町ではアーサーの顔を見知っている人間などいないだろうが——テーブルに酒を出しているオヤジとちらっと視線を交える。

オヤジは手を止めることなくさりげなくうなずいて、アーサーは酔客たちの脇を通って仕切りの布を片手で弾き、そのまま奥へと進んでいった。

ノーザンヒールの王都から馬で丸一日ほど離れた、郊外の土地だった。王都へ通じる大きな街道沿いで、中継ぎの街として栄えている。歓楽街もにぎやかだったが、アーサーが入ったのは外れにある小さな飲み屋だ。

王宮にいた頃はこんな場末の安酒場に足を踏み入れたこともなかったが、今では安い酒の味や飲み方、騒ぎ方も覚えた。存在すら知らなかった辺境の街にも、今ではそのほとんどに足を踏み入れたことがあり、ノーザンヒールだけでなく、北方の大半はまわっているだろう。

それだけ庶民や下級兵士たちの日々の生活も知り、彼らの不安やいらだちも直《じか》に耳にした。

王の急逝。しかも王太子が謀反《むほん》の上、出奔だ。不安にならない方がおかしい。

誰に従ったらいいのか、地方領主たちもまだ腰が定まっていないように見える。習慣上、中央からの命令には従っているようだったが。

カイルとユリアナとの婚姻が整えば、ひとまず政治的には安定する。そうなれば、アーサーたちにとっては、さらに崩すのが難しくなる。

アーサーが奥の小部屋に入ったとたん、響いた靴音にか、ボソボソと低く、中から聞こえていた話し声がピタリと途切れた。

息をつめるような、殺気にも似た気配が一瞬、アーサーのもとに集中したが、次の瞬間、空気が解けるのがわかる。

「これは…、殿下、おひさしゅうございます」

あえてだろう、おたがいの輪郭もぼやけるくらい明かりを落とした中に、数人の男たちが集まっていた。

かつてノーザンヒールで、アーサーのそば近くに仕えていた者たちだ。近衛《このえ》隊の騎士や、警備隊の兵士たち。軍人だけでなく、宮廷の官吏だった者もいる。

今夜はひさしぶりの会合だった。

ふだんは数人ずつに分かれ、「解放軍」としての活動を地下で進めている。

他国や残党たちの活動を助けているアーサーたちは、むしろ「傭兵《ようへい》活動」と言った方がいいのかもしれないが。

敵の情報を集め、信頼できる仲間を増やし、各地での連携を図る。もちろん、各地に配置されているノーザンヒールの「暫定《ざんてい》治安維持部隊」の目をかすめてなので、簡単なことではない。こんな会合一つを持つにも、長い下準備が必要だった。

「その呼び方はよせと言っているだろう」

わずかにイスから腰を浮かせるようにして、歓喜に声を震わせた初老の男に、アーサーは苦笑するように返した。

この二年でこうした秘密裏での会合を持つたびに何度も言っていることだったが、なかなか癖《くせ》は抜けないらしい。

「これは…、失礼を。いけませんな」

男があわてて口を押さえてみせる。

実際、今のアーサーはすでに皇子とは言えない状態だし、うっかり誰かに聞かれて注意を引いてもまずい。アーサーの顔は知らなくとも、「殿下」といえばどこかの皇子には違いなく、こんな場末をうろついている皇子など普通ではあり得ない。それこそ、逃亡者でもなければ、だ。

「ご無事でなによりです」

明らかにホッとしたような表情を見せ、静かに口にしたのはレイモンだ。

幼い頃からアーサーの側近としてほとんどそばを離れたことはなく、今でも行動をともにすることは多いが、やはり街中での騎士風体の二人連れというのは目立ちすぎる。こうした会合の時などは、それぞれに単独で移動せざるを得ない。

「兄上……！」

そしてその横で立ち上がって声を弾ませたのは、弟のルースだった。

二人が同時に捕まる危険を避けるため、ふだんはあえてルースとは分かれて、それぞれに別の方面で行動していたため、およそ一年ぶりの再会になる。

「元気そうだな、ルース。……ほう、顔立ちが精悍《せいかん》になったな」

薄暗い中でもそれを認めて、アーサーはわずかに目を細めた。

二年前、王宮での反乱があった時、ルースはまだ身長も伸び盛りの十五歳だった。一足早く城外へ逃がしてから、再会するまでには半年が必要だった。信頼できる者たちの伝言をつなぎ合わせて、ようやく落ち合うことができたのだ。

だが、そのあとも行動をともにすることは難しかった。

国を追われた場合、本来ならばアーサーたち皇子はどこか他国へ亡命するのが基本だ。そこで、再興の時を待つ。

だが北方のどの王家にしても、あるいは貴族や地方領主たちにしても、国を追われた皇子をかくまうことは現体制に逆らうに等しく、攻め入る口実を与えることになる。

各王家にしても、新しいノーザンヒールの支配者がこの先どういう動きに出るのか、それを確かめたいという思惑もあるはずで、それによってアーサーたちへの対処も決めるということだ。

そして実際のところ、かつてのノーザンヒール――父の治世下にあった時代、父が各国に対して行ってきた政策を思えば、腹の中では当然のしっぺ返しだとあざ笑っている王家も多いはずだった。

亡命を考えるなら、この北方からさらに外の国へと出る必要があった。だがそれは、海や山を隔てた彼方《かなた》で、あまりに遠すぎる。ほとんどこの国の情報が入ってこなくなってしまう。

つまり、国に残った者たちにすべてを丸投げするようなことで――むろん命をかけて、だ――アーサーにしても、とてもできることではなかった。

そんな状態で、最初の一年は本当に三日おきに隠れ家を変えるような生活だった。そのあとも平穏な暮らしだったわけではない。この二年間は、アーサー以上にルースにとって、今までの生活とは違いすぎる、過酷な状況だっただろうと思う。

王宮にいた時には可愛《かわい》く、時に生意気で、無邪気な弟だったが、想像もしていなかった苦難を乗り越えて、会うたびにしっかりとした男になっているのが感じられてうれしかった。以前とは明らかに顔つきが違う。

「それはアーサー様もですよ。ずいぶんとたくましくなられた」

と、部屋の一番奥から覚えのある、低い声が聞こえてきた。

「大佐」

目をすがめ、男の輪郭《りんかく》を確かめて、アーサーは思わず頬を緩める。

「アーサー様を殿下とお呼びできなくなったように、今の私も大佐とは言えませんがね。なにしろ所属する軍自体がない」

「そうだな…、マヌエル」

どこかとぼけたように返されて、アーサーは苦笑した。

しかしいつまでも旧交を温めている状況ではない。

「兄上、お聞きになりましたか？　姉上とカイルとの挙式がいよいよ、と」

ルースが強ばった顔でわずかに身を乗り出してきた。

「ああ。三カ月後だそうだな」

アーサーは空けられた席にすわりながら低く返す。

それが正式に公告されたのが、つい三日ほど前のことだ。

今度の会合ではアーサーが正式に解放軍の名乗りを上げるかどうか、ということを決める予定だったが、状況はいよいよ差し迫ってきたと言える。

この二年、アーサーも志を同じくする者たちと連携しつつ、いろいろと動いてきた。

だが同様に、ノーザンヒールのあちこちでは義勇軍として集まった者たちが時折、暴動を起こし、圧倒的な武力で鎮圧され、容赦なく処刑されているという話も耳に入っていた。

アーサーの生死や父殺しの真偽もわからないままに、ただ反感と不満と憤りを募らせているのだろう。

何もできない自分が歯がゆく、胸が痛かった。

おそらく、都を追われたかつてのノーザンヒールの兵士たちを中心に、今の暫定政権を承認できない者たちは多い。だが広大なノーザンヒールの各地に散った彼らと思うように連携をとることはできず、顔を合わせることもままならない。それぞれの意志の確認すら、難しいはずだ。

そんな中で、第一皇女であるユリアナの婚約者としての立場で、カイルは「摂政」を名乗り、ノーザンヒールの実効支配を着々と進めていた。

ロードベルから多くの兵や腹心の者たちを呼び集め、軍や国政のトップに据えた。手足のようにノーザンヒールの者たちを使う一方、彼らを管理し、統括する立場を自国の者たちで固めたのだ。

ノーザンヒールの国民にとっては、あるいは上がどのように変わろうが、自分たちの生活に支障がなければさして問題はないのかもしれない。愛国心はあるにしても、敬愛する国王を世継ぎの皇子が殺して逃亡――半信半疑ではあっても――ということであれば、残った皇女が建前上でも女王の地位につくことに、異を唱えることはない。落ち着かない感覚はあるだろうが、とりあえずは日々の暮らしを守るだけだ。

そんな混乱とあきらめと慣れが日常となりつつある中、風向きが変わり始めたのは一年が過ぎたくらいからだろうか。

慣れてきたのは新たにノーザンヒールを支配するためにやってきた、ロードベルの軍人たち、また商人たちも同様だった。

摂政として政務を代行しているカイルは、自国から来た者たちに、「ノーザンヒールの国民に対しては礼節を重んじるように」と通達しているようだったが、結局のところ建前でしかない。日に日にロードベルの軍人たちは増長し、王宮内、軍内での態度だけでなく、都の人々への振舞いも横柄なものになっていた。

かつて、ノーザンヒールの市中警備の軍人たちもそうだったように――ではあるが、やはり他国の人間にされると憤りが増す。また、カイルは自国の商人たちを多くノーザンヒールへ引き入れて商売をさせ、優遇したため、民衆の間にもじわじわと不満が募っていったのだろう。

都から逃れた脱走兵を中心に、各地で暴動が頻発《ひんぱつ》するようになり、時には地方の一部隊が丸ごと領主の館に立てこもるような反乱を起こしたこともあった。

だがそうした決起は、力で徹底的に抑えこまれた。「血の粛清」と呼ばれるほど苛烈な制裁で、参加した者たちはもちろん、協力者や時にはその家族までも見せしめのように処刑された。

それは、かつての戦争に勝利したあと、ノーザンヒールが敗戦国に対して行ったことと大差はない。だが、民衆の顔を青ざめさせるには十分だった。

自分たちは支配されているのだと、否応なく認識するには。

そしてカイルの右腕として、その陣頭指揮を執っているのが――リシャールだった。

密告を奨励し、各地の残党や敗残兵、決起した義勇軍の兵士たちを徹底的に追い立て、捕縛し、容赦のない拷問にかけ、仲間たちを売らせ――次々と処刑した。

それだけに、ノーザンヒールの国民たちからは恐怖と憎悪の対象になっていた。

ノーザンヒールの軍からは離反者が相次ぎ、逃亡兵となった者たちは都からいったん離れ、中央の目が届かない地方の各地で次々と結集するようになったが、当然ながら、それを制圧するために辺境の軍や地方領主たちの兵が送りこまれる。

指揮を執っているのはロードベル出身の指揮官だったにせよ、実質的には身内同士の戦いだ。ノーザンヒール自体の国力は、疲弊《ひへい》するだけだった。

小さな反乱をいくつ起こしても無駄なのだ。

一つの、大きな反乱軍――いや、解放軍を組織するべきだと、ようやく理性的に考え始め、反乱者たちはあきらめたふりで表向きの抵抗をやめ、地下へと潜った。そしてやはり各地で同じ動きをしている同志たちとの連携を考え、おたがいが緊密に連絡をとり合うようになった。……むろん、密告者や内通者もいるわけで、慎重に敵味方を判別し、用心に用心を重ねつつ、だったが。

アーサーも各地をまわりながら、そうした小さなグループ一つ一つと接触した。時には捕らえられた仲間を奪い返したり、逃亡を助けたりしながら、身分を明かして丁寧に話し合い、小さな連携をつなげていった。

一年がたち、二年がたって、動きを察知され、あるいは仲間の裏切りにあって投獄され、処刑された者もいたが、それでも「解放軍」は水面下でゆっくりと拡大していた。

リシャールの、容赦のない処刑や締めつけへの反発。それを許すカイルへの不満。そんなものが、じわじわと鬱積《うっせき》していたのだろう。

その規模は大きくなる一方で、そろそろ限界を迎えていた。各地で小さな徒党が組まれ、それが集まってさらに大きな組織を形成していたのだ。

大きくなるにつれ、それぞれの分派の考え方に微妙な差異も生まれ、血気盛んな若者たちの集まりなどは、年長者の制止も聞かず、いつでも自分たちだけで飛び出していきそうになる。

だが結局のところ、脱走兵や民間からの義勇兵では烏合《うごう》の衆であり、現体制に不満を持つだけの、単なる反乱軍でしかない。カイルには、「第一皇女の婚約者」という肩書きがあった。兵を動かすにしても、「皇女を守るため」と堂々と口にすることができる。

旗頭となる人間が必要だった。戦いを起こすだけの、正当な大義名分が。

それはアーサーにもわかっていた。自分が望まれていることも理解していた。

父殺し、という汚名をすすぎ、簒奪《さんだつ》された王位を奪い返すため、真っ向から立ち向かえる人間が、今、必要なのだ。

——もう機は熟しているのではないですかっ!?

と、しばらく前からアーサーは決断を迫られていたが、ずっと返事は保留したままだった。

そんなアーサーに、まわりがいらだっているのもわかっている。このままでは、せっかく連携を深めてきた解放軍が分裂してしまう危険もあるだろう。ルースを代わりに、と、担ぎ上げようとする者たちも出てくるはずだ。

ただアーサーにしてみれば、迷う、というより、ずっと考えていた。

多くの人間の命を預かることになるのだ。

そして何よりも、リシャールの意図を。

幼い頃から過ごしてきた時間を思い返し、自分の罪を見つめ、その後のリシャールの言動を——その意味をずっと、繰り返し考えていた。

考えただけで、確かな答えが出るわけではなかったが。

それでも、自分の成すべきことを探していた。

いや、待っていた——と言うべきかもしれない。

その時が来るのを。

そんな中、ユリアナ皇女とカイルとの婚姻の儀式が三カ月後に執り行われることが正式に告知されたのだ。

それとともにカイルと——そして形式上、ユリアナの戴冠式も。

アーサーにとっては、ついに来たか、という思いだった。むしろ、カイルが二年も待ったことが奇跡に思えた。普通であれば、喪が明けた一年ですぐにでも正式に結婚し、地盤を固めたいところだろう。

あるいはまだアーサーの生死も判明せず、ユリアナの気持ちが落ち着くのを待っていたのかもしれないが、しかしそれもカイルらしくない。

共同統治とはいえ、事実上、カイルのノーザンヒール国王としての即位であり、そのお披露目も兼ねてだろう、盛大な結婚式が執り行われることになるようだった。

その告知が国内外になされてから、当然ながら、各地の解放軍は騒然とした。ほとんど爆発寸前だった。

今夜の会合には、その代表者や中心メンバーも集まっていた。最終的な意思確認がなされるはずだ。

——なにより、アーサーの決断を待って。

「到底、許されることではございませんぞっ。皇女殿下をあのような下劣な男の手に渡すなど……！」

「殿下、我々は二年をかけてここまで準備を進めてまいりました。兵たちの意志も固まっておりますっ」

「アーサー様、どうか決起をっ！ あなたが正統な、ノーザンヒールの王位継承者なのですぞっ。殿下の一声で、同志たちはみな、アーサー様のもとに集まります！」

「どうかご命令を…っ！」

真摯な、思い詰めた眼差しが突き刺すようにアーサーに注がれた。

「兄上……！」

そして、ルースの強い決意が。

おそらく、ここまで来てアーサーが動かなければ自分が、という思いはあるのだろう。

ルースにしてみれば、父を殺し、国を奪ったリシャールへの憎しみは強い。裏切られた、という思いがあるだけになおさらだろう。

しかしアーサーに、自分と同じだけの怒りが見えないことにいらだっているのだ。

この期に及んでも。

沸き立った空気に、それでもアーサーは静かに口にした。

「もう一晩だけ、考えさせてくれ」

そんな言葉に、ふっ…と緊張が途切れる。失望ととまどい、いらだちが嫌というほどに感じられる。

「何千もの命を預かるのだ。一時の感情でタイミングを見誤ることはできん」

それでも淡々と続けたアーサーの言葉に、男たちが不承不承うなずく。

「わかりました。では、もう一晩だけ」

無言のまま、じっと自分をにらむように見つめるルースの鋭い眼差しには気づいていたが、アーサーはそれと目を合わせることはせず、するりと大佐へと視線を移した。

「マヌエル、少し話がしたい」

ずっと黙ったままわっていた大佐がうなずき、のっそりと腰を上げた。

アーサーを説得するようにだろう、他の者たちからは期待するような眼差しが向けられていたが、相変わらずひょうひょうとした様子だった。

アーサーはそのまま酒場の裏口から外へ出ると、近くの川縁へすわりこんだ。

「いい季節になりましたたな」

あとから来た大佐が、ゆっくりと隣へ腰を下ろす。

　これから短い夏を迎えようとする、この国の人間にとっては過ごしやすく、心弾む季節だ。満天の星空で、川の流れが耳に優しかった。暗い水面《みなも》は見えなかったが、視界のあちこちでふわりふわりとほのかな明かりが揺れている。短い蛍の季節なのだ。

「大佐、聞きたいことがある」

　顔は見ないままに、アーサーは静かに口を開いた。

「あらたまって何でしょうな？」

　いつもと変わらず、落ち着いた穏やかな声。戦場においても、なのだろう。それが安心につながる。この男だけは、どんな状況でもアーサーの決断を急かすことはなかった。

　アーサーがもっとも信頼している男だ。だからこそ、確認しておきたかった。

「三年前、おまえが辺境へ飛ばされた理由だ」

「理由、ですか。配置換えという以上にですかな？」

　どこかとぼけたように大佐が答えた。

　ちらっととがめるような眼差しを向けると、大佐が肩をすくめた。

「陛下…、オーガスティン陛下やリシャール様にとって、……つまり二人がやろうとしていることに対して、私が煙たかったということだと思いましたがね、あの時は。今にして思えば、リシャール様が反乱を起こすのに、私が邪魔だったということでしょうな」

　頭を掻《か》きながら続ける。

「それだけか？」

アーサーの言いたいことは察しているだろう。この男にも、あのつまらない噂は耳に入っていたはずだ。……つまり、リシャールにいらぬちょっかいを出したのだ、と。

しかし気分を害したようではなかった。むしろ、どこかおもしろそうな様子で聞き返してくる。

「どういう意味です？」

「リシャールが…、父の嫉妬心を煽《あお》るためにおまえを利用したと」

ほう…、と月明かりの中で大佐がわずかに目を見張る。

「リシャール様がそう言いましたか」

そうだ。確かにアーサーは、リシャールの口からそう聞いていた。

大佐は、よいゲームの駒だった、と。

が、大佐の方はその認識はなかったということだろうか？

ふむ、と大佐がわずかに考えるようにしてから口を開いた。

「そうですな、正直、特に心当たりはありませんが……、しかしリシャール様が陛下の前でわざと私に気のある素振りを見せたとか、そんな言葉を口にしたとかいうことではありませんかね？」

あっさりと答えられて、なるほど、と思う。筋は通っている。

「お疑いでしたか？　私と…、リシャール様との関係を？」

「いや、まさか」

否定したものの、そしてもちろん疑っていたわけではなかったが、どこか気にかかっていたことは確かだ。

何だろう…？　もしリシャールが大佐を駒に使うのであれば、もっと別の、もっと有益な使い方ができたはずではないか、と。そんな気がした。

「なるほど、それで私は陛下の勘気に触れて、辺境へ飛ばされたわけですな」

大佐がうなずくようにして、ちらっと口元で笑う。

「怒るところではないのか？」

さすがにアーサーは首をひねった。

「まあ、よいでしょう。そのおかげでこうして殿下…、いえ、アーサー様と落ち合うことができたのですから」

そう、確かにそうだ。

辺境に飛ばされていたおかげで、大佐は都から変異の一報を受けたあと、少し余裕をもって体勢を整えることができたようだ。王家がどうであれ、大佐に心酔し、大佐の命令のもとで動く部隊も多い。速やかに逃亡ルートを整え、協力者を配置した。

それがあったからこそ、アーサーやルースも、なんとか無事に逃げ延びることができたのだ。うまく転んだといえる。……いささかできすぎているくらいに。

一報を受けてから手配したにしては手際がよすぎて、まるで――初めからあの政変がわかっていたかのようだ。

「決起することを迷っておられますか？」

「いや」

静かに聞かれ、アーサーは落ち着いて答えた。

心は決まっていた。

『私が欲しければ、おまえの失ったこの国ごと、奪い返してみればいい。おまえに……その力があるのならな』

あの時のリシャールの声が、まだ耳に残っている。

アーサーは無意識に、自分の胸のあたりをぎゅっと握りしめた。

服越しに、手の中の硬い感触を確かめる。

遥か幼い日に、リシャールからもらった小さな指輪は、まだ身につけたままだった。

完全に道は分かれたのだ。

今さら未練——などではないはずだ。

ただ、もう一度会うことがあれば……それこそ、自分が国を奪い返すことができれば、これを返すこともできるだろう、と。

そう自分に言い聞かせていた。

自分のやるべきことは、はっきりとわかっている。

ただそれでも——自分の中にくすぶる何かがあったのだ。

リシャールからこの指輪をもらった日の、あの燃えるような夕陽が、まだ心の奥でかすかな光を放つように。

「本当のことを、聞かせてくれ」

アーサーは大佐の横顔をじっと見つめて言った。

「本当のこと？」

しかし、どこかとぼけたように大佐が聞き返してくる。

「こうなってみると、マヌエル、おまえはずいぶんといい位置にいた。十分に考え、自由に動ける立場にな。都での反逆に巻きこまれていれば、おまえも、おまえの配下の者たちも相当に混乱したはずだ。多くの者が命を落としていただろうし、これほど手際よくも動けなかっただろう。生え抜きの、おまえの配下の兵たちが、ずいぶんとよくまとまって各地方へ散っていたようにも思う。……それはすべて、偶然だったのか？」

淡々と言葉を続けたアーサーに、大佐が静かに尋ねた。

「偶然でなければ、何だと？」

「それを聞いている」

ぴしゃりと言ってから小さく息をつき、アーサーは続けた。

「二年あったおかげで、解放軍もある程度の準備を整えることができた。……ユリアナの結婚は、それを待っていたようにも思える」

ほう…、と大佐が小さくつぶやく。わずかに目をすがめて、様子をうかがうようにアーサーを見返してくる。

「俺の都合のよい解釈か？」

まっすぐに突きつけた眼差しに、大佐がやれやれ…、というように耳のあたりを掻いた。

それでも口元に浮かんだ微笑みは、どこかやわらかい。

「まァ…、仕方ありませんな。ではお話ししておきましょうか。私が辺境に飛ばされたわけからね」

――シャール……。

アーサーは一瞬、目を閉じて、そっと息を吸いこんだ。

あの時は出し抜かれた。

今度は、自分の番だった――。


翌晩――。

「ノーザンヒール国王、アーサー・アマディアス・ランドールの名のもとに、今より決起する。一命をかけて、ここに故国をとりもどすことを誓おう」

再び同じ場所に集まった男たちの、息詰まるような視線の中で、アーサーは静かに宣言した。

そう、父が亡くなったあの瞬間から、自分がノーザンヒールの国王だったのだ。

おお…！　と、ため息のような、感嘆のような、あるいは意気込みのような声があちこちからこぼれ落ちる。ついに、という思い。

故国をとりもどす第一歩が、ようやく踏み出せたのだ。

「アーサー様、万歳……！」

「必ずや故国を……！」

言葉にならないように、それぞれが声をつまらせる。

「ルース、おまえにもこの先、大きな役目がある」

横にいた弟に、アーサは一言ずつ、思いをこめて口にした。

「もちろんですよ、兄上」

ルースも応えるように大きくうなずく。しっかりと強い眼差しで。

「行動を起こすのは三カ月後だ。ユリアナの挙式前夜。だが成否は、それまでの備えで決まる。各地に散っている編隊はそのままでかまわない。挙式が近づいた頃、各地で順次、騒ぎを起こしてもらう。だがこれは陽動だ。ロードベルとノーザンヒールの兵を、ある程度引きつけてもらえればいい」

一同が真剣な面持ちでうなずいた。

それまでの煮え切らない様子とは打って変わり、要領よく方針を打ち出していくアーサーに、身を乗り出すようにして同志たちが聞き入ってくる。

アーサーとしても、この時を考え、じっくりと策を練る時間はあった。

「それとは別に、いくつかの部隊は王都周辺へ潜伏させる。さらに数人はあらかじめ都へ潜入してもらうことになる」

「では、結婚式の前夜に一気に王都を攻め落とすということですか？」

ルースが熱のこもった眼差しで確認してくる。

「いや。それでは民衆たちの犠牲も増えるだろう。王都警備の兵のほとんどはノーザンヒールの人間でもある。同胞と戦うような事態は極力、避けたい」

「しかし、我らが突入すれば、多くの兵はこちらに寝返ってくるはずでは？」

誰かが興奮したように上げた声を、いや、アーサーが冷静に静めた。

「兵たちもとまどうだろうから、すぐには判断できまい。命令があれば、まずはそちらに従うだろうからな」

「あらかじめ、内通者に情報を流しておけばいかがです？　心の準備ができていれば、大半の者は……」

「それでは奇襲がもれる可能性がある。危険すぎるな」

まわりで飛びかう意見にうなずき、アーサーは続けた。

「それに結婚式ともなれば、ある程度の襲撃や決起の予想はしているだろう。王宮内は主にロードベルの兵士たちが固めているはずだ。王都に入ることすら難しい。武力も違うし、ユリアナを人質にとられている形だからな」

「それでは……？」

一人が難しい顔でうなる。

「最小限の人数で王宮内へ潜入し、カイルを押さえる。それが一番、ノーザンヒールの者たちの犠牲を出さずにすむはずだ。幸い、俺たちは王宮内部は知り尽くしているからな。……二年前のリシャールたちと同じやり方だ」

いくぶん苦い思いで、しかし強いて冷静さを保ったまま、アーサーは言った。

「しっぺ返しですなっ！」

誰かが声を弾ませる。

「しかし潜入と言っても簡単にはいきますまい……」

この二年でも、王都への出入りのチェック、警備はかなり厳しく、ほとんど潜入は不可能な状態だったのだ。もとから中にいる人間と連絡をとるのが精いっぱいというところで。

王宮の中へ入るのであれば、さらに難しくなるはずだった。

「ユリアナの結婚式だ。カイルの即位式も兼ねるのであれば、各王家からの招待客も多いだろう。出入りする商人や職人も増えるはずだ。それにまぎれる」

なるほど、と何人かがうなずく中で、大佐が口を開いた。

「商人たちの出入りは、今でも身元をかなり念入りに調べられているようですが。式の前となると、さらに厳しくなることは予想できますがね」

アーサーはそちらにうなずいてみせた。

「だろうな。だから、招待客の中にまぎれる方が確実だろう。中に入る数人と、現在、王宮の中で息を潜めている者たちが数人。それで仕掛ける。それと同時に、王都や周辺の数カ所でも行動を起こす。

それならば、王都の兵たちもほとんど動けまい」

「なるほど、それで陽動として事前に地方で決起するのですな。反乱が起これば、兵力をそちらに割かせることができますし、カイルにしても成婚前に我々が動かないとは思っていないはず。何か問題があった方がかえって安心できるくらいでしょう。カイルたちの注意をそちらに向けさせることができる」

大佐がうなずいた。

「あくまで陽動だ。よけいな血を流す必要はない。勝つことではなく、生き延びることだけ考えて動いてくれればいい」

しかしアーサーの言葉に、大佐が淡々と指摘した。

「あらかじめ陽動だと伝えるのはまずい。式を目前にいっせいに決起する、という指示だけを流すべきでしょう。同志の中に、とは言いませんが、周辺には必ずカイル側の人間もいる。陽動だとわかってしまえば、それだけ王宮での敵の守りが堅くなる」

アーサーは小さく唇を噛んだ。

大佐の考えは理解できる。軍人としては正しい指摘だ。

「必要なことですよ。何の痛みもなく得られるものではありません。それぞれが確実に、自分の役目を果たさせねばね」

淡々と、それだけにきっぱりとした言葉に、わずかに瞑目《めいもく》して大きく息を吸いこむ。

「そうだな。計画の全容はここにいる者たちの中でだけ、とどめてくれ」

は、と一同が大きくうなずく。

「ですが、兄上……」

大佐の言葉が終わるのを待っていたように、ルースが眉をよせて尋ねてくる。

「招待客にまぎれるとなると、どこかの王家に協力を求めなければならないのでは？　今のところどの王家も、少なくとも表向きは、カイルの即位に好意的なように見えます。ヘタなところに頼むとこちらの身が危うい。どこかこちらの側についてくれる、信頼できる王家がおありなのですか？」

そう。カイルの――ロードベルのノーザンヒールへの介入は、どの国、どの王家にしてもおもしろくはないだろうが、それでもカイルの暫定政権は、同盟国の各王家には気を遣って対応している。それぞれのかつての領地を返還し、人質にされていた皇子たちも帰国させた。

そのため、どこもカイルとユリアナ皇女の婚姻を祝福し、表だってはカイルの統治に異を唱えることはしていない。先の展開を見据えて、どこも腹を探り合っている最中、というのか。

その中で、今のアーサーに協力してくれるところがあるのか。信頼できる王家があるのか。

「フェルマスだ」

その問いに、アーサーは静かに答えた。

リシャールの故国だ。

「フェルマス…!?」

「まさか、それは……!」

しかしその言葉に、まわりが一瞬、声を失い、次の瞬間いっせいにざわついた。誰もが耳を疑ったようだった。

「な、なぜ、フェルマスなのですっ？」

ルースも目を見開いて声を上げる。

「もっとも危険な国ではないですか…！」

「うかつに助力を求めれば、そのまま計画がリシャールに筒抜けになりますぞ！」

他の者たちからも反論が噴出する。

「だが、現政権にもっとも距離を置いているのがフェルマスだという話も聞いている」

淡々と口にしたアーサーに一同が顔を見合わせた。

「小国だけに表だって動くことはないが、ことさら新政権にすり寄ることもなく、亡命兵も公式にではないが、受け入れているとか」

「それは…、まあ……」

おたがいに顔を見合わせるようにして、男たちがうなった。

「父の存命中、リシャールはフェルマスの王位継承権を放棄した。さらに、カイルが王位についたあとはフェルマスをノーザンヒールに併合することも公言している。フェルマスでは、リシャールは売国奴と認識されている」

フェルマスの国王夫妻――仮にも「世継ぎ」であったリシャールの態度に両親や兄弟たちはあきれ、民衆からも「面汚し」「恥知らず」だと公然と罵られている。リシャールが王の「愛人」だったことも伝わっているらしく、さらに王の死後はカイルにすりよって、国を捨て、地位と権力と富を思いのままに手にしているのだ、と。

「しかし…、何と言っても実の息子ですからね。リシャールに愛想を尽かしているというのも、表向きのことかもしれません」

レイモンが顎を撫でながら、うがった意見を出す。あえて反論してみせることで、いろいろな角度から検討することができるのだ。

「表向きにも、フェルマスが今のリシャールと距離をとる必要がどこにある？　自国の利益を考えるのであれば、息子に頼って国力を増大させるまたとない機会だというのに」

アーサーの指摘に、一同が黙りこんだ。

やがて、何か考えるようにルースが静かに尋ねた。

「兄上は勝算があるとお考えですか？」

「協力を求めるのであれば、他にないと思っている。なにより、フェルマスはノーザンヒールの隣国だ。協力を得られれば、フェルマスとの国境からこちらの兵をノーザンヒールへ潜入させることもたやすくなる」

考えこむように男たちがうなる中で、アーサーは落ち着いて続けた。

「かつてフェルマス領だったニブルー地方はノーザンヒールに併合されて以来、いまだに返還されていない。リシャールにすれば返還はたやすいはずだが、それをしていないのはすでにフェルマス自体、ノーザンヒールの一部だという認識があるせいかもしれない。だとすれば、それを現国王が快く思っているはずはない」

「なるほど…、解放軍がノーザンヒールをとりもどしたのち、ニブルーの返還を約束すれば、こちらに協力する可能性があるわけですな」

納得したように一人がうなずく。

「確かに…、カイルやリシャールにしても、よもやフェルマスが裏切るとは思っておらんでしょうからな…。よい狙い所かもしれん」

他の一人も目をすがめて顎を撫でた。

「何の危険もなく、国をとりもどせるはずはない。賭けに出ることも必要だろう」

静かに言い切ったアーサーに、同志たちも息を吸いこんだ。

「しかし、その交渉は誰が…、どのようになさいますか？　今のアーサー様の身で、フェルマスの国王に謁見を願い出ることは難しいでしょう？」

「それならば、私に」

と、手を上げたのは大佐だった。

「フェルマスの軍人に何人か知己がいます。フェルマス国王の甥《おい》にあたるジュリアス様の配下で、私もジュリアス様とは面識がある。そちらの筋から密会の意向をうかがってみましょう。それで相手の出方もわかるでしょうからな」

かつてジュリアスがリシャールに会いにノーザンヒールへ来ていた折に、ジュリアスが警護の者を数人、大佐に預け、滞在中のひと月ほど軍の訓練を受けさせたことがあった。その関係で、大佐は今もその男たちと連絡がとれるらしく、そこからジュリアスへ話を通してもらう、ということのようだ。

「では、その結果を待って、ひと月後にもう一度、会合を持つことに。できれば、フェルマス国境に近い場所がいいでしょうな」

大佐の言葉に、それぞれがうなずく。

そしておたがいに固い握手を交わし、一人、二人と、目につかないよう、少しずつ隠れ家をあとにした。

「ルース殿下は私と同行されますか？　そろそろ私の顔に飽きているんじゃないかとも思いますがね」

大佐の軽口のような言葉に、「いえ、ぜひ」とルースが強く口にする。

そんな様子に、大佐がちらっと笑ってアーサーに視線を投げ、アーサーも微笑んでうなずいた。

ルースにしてみれば、見識が広く、型破りな大佐にまだまだ学ぶところは大きいはずだ。アーサーとしても、大佐に預けるのがなにより安心だった。

「その間、兄上はどうされるのですか？　またアレンダールのあたりをまわられるのでしょうか？　私たちに同行することはできませんか？」

それでもひさしぶりに会った兄と離れがたいように、ルースが尋ねてくる。

「いや、今からアレンダールをまわっていては、ひと月後にもどってくるのが難しくなるからな。それに、この間に会っておきたい人間もいる」

「どなたです？」

静かに答えたアーサーに、ルースが首をかしげて聞き返してきたが、それにさらりと、昔の知り合いだよ、とだけ返す。そして続けた。

「ルース。いよいよだが…、もし俺に何かあった場合は、おまえが俺の役目を受け継ぐことになる。それを心にとめておいてくれ」

そんな言葉に、ルースが大きく目を見張った。血相を変えて詰めよってくる。

「そんな…、どういう意味ですかっ？」

「いつ、何があるかわからないということだ。俺も追われる身だし、作戦の最中に何が起こるかもわからない。どんな状況になったとしても、おまえが引き継ぐ覚悟をしておいてくれ、ということだよ」

穏やかに言ったアーサーに、ルースが大きく息を吸いこんだ。

「……わかりました。国も…、姉上も、必ずとりもどします！　ですが、兄上こそが必ず王位につき、父殺しなどという汚名をそそいでいただかなければなりませんよ」

未来を信じるまっすぐな眼差しに、アーサーは大きく微笑んでうなずいた。

「ああ。もちろんだ」

それに安心したように、では、とルースが大佐とともに先に出る。

「ひと月後に、また」

それを見送ってから、アーサーは一人だけ残っていたレイモンを振り返った。

「付き合ってもらえるか？」

「もちろんだ」

にやりと笑って、レイモンがうなずく。

「おまえとは死ぬまでの付き合いさ」

4

新しいノーザンヒールを象徴するかのような結婚式をふた月ほど先に控えたこの日、リシャールは湖畔の別荘に滞在していた。

王都と隣接する森の中で、一帯は王領となっているため一般の人間が立ち入ることはなく、静かに身体を休めることができる。

もっとも静養に訪れたわけではなく、ある国の使者との非公式な会談を持っていたのだ。

北方地域の一国だが、カイルの結婚式、即位式の前に他国に先駆けて接触を持ち、新生ノーザンヒールへの友好——事実上の従属だ——を真っ先に示すことで、先々、ノーザンヒールとの関係を有利に働かせよう、という計算だったようだ。

位置的にノーザンヒールとロードベルとのちょうど中間にある国で、カイルの即位後は、挟み撃ちの状態になる。理由さえつけば、真っ先に征服されてしまうだろう、という危機感があるのだろうし、気持ちはよくわかる。

このところ各地で活発になってきている反乱軍の動きに、自国からも兵を出すという申し出を、カイルはずいぶんと喜んでいた。

カイルやオレグとともに同席したリシャールは、その密談のあと、一人でこの別荘に残ったのである。

この機会に少し休養を、というリシャールの希望に、カイルも快く応じていた。

「この二年、ずいぶんと働いてもらったからな。……だが、ここは王とよく過ごしていた場所だろう？　まだ未練があるのか？」

うかがうように聞かれて、リシャールは軽く肩をすくめた。

「場所と別荘が気に入っているんですよ。静かですしね。……ああ、そうだ。あなたの即位後、ここを私にくださいませんか？」

めずらしくそんなおねだりをしてみせたリシャールに、ああ、いいぞ、と鷹揚《おうよう》にカイルは答えていた。

「ここなら王宮からさほど離れているわけでもない。なんなら俺がここに訪ねてきてもいいわけだしな？」

愛人に別宅を与えるような感覚なのかもしれない。

にやりと意味ありげな眼差しで眺め、カイルが腕を伸ばしてリシャールのうなじのあたりに触れてくる。そのまま引き寄せられ、唇が奪われた。

リシャールは抵抗することなく、それを受け入れる。しかし次第にそれが深くなり、足を割って膝がねじこまれ、こすりつけるように身体の中心が刺激されて、リシャールは小さなあえぎ声をもらした。

「……あぁ、そうだな。ユリアナと結婚したあとでは、おまえと王宮で戯れるのはさすがに気が引ける。ちょうどいい場所になるかもしれん」

いったん唇を離し、そう耳元でささやいたカイルに、リシャールは艶然と微笑んだ。

「ご結婚前からそれですか？　案外、あなたがユリアナ皇女に夢中になるかもしれませんよ？　お美しい方ですからね」

「なんだ、妬《や》いているのか？」

機嫌よく言ったカイルに、リシャールは小さく鼻を鳴らして軽く男の身体を突き放す。

「あなたが皇女を夢中にさせられるのであれば、それが一番簡単でいいのですが？　さっさとお世継ぎでも作ってもらえれば、状況もだいぶ落ち着くでしょうし」

「子か…。なるほど、そうなれば俺のノーザンヒールでの地位も安泰というわけだな」

気がついたように、カイルが顎を撫でる。

「少なくとも、次代の王がユリアナ皇女の御子《みこ》であれば、ランドール王家の血を引いているわけですからね。あなたがこの国の王となるのに不満を持つ連中も、少しは気持ちを落ち着けるでしょう。

……私にかまっているヒマはないと思いますよ」

「それとこれとは別さ。女とは違って、おまえの味はまた別格だからな」

好色な眼差しで見下ろしたカイルがリシャールの身体を抱きすくめると、いかにも意味ありげに足をなぞってくる。

「おまえだって…、俺が相手をしてやらないと身体が疼《うず》くだろうが……？　ん？　それともまさか、他に男をくわえこんでいるのか？」

その可能性に気づいたように、カイルがきつくリシャールの肩をつかんだ。

このところ、カイルはさらにリシャールに執着するようになっていた。皇女との結婚もようやく日取りが決まり、他に侍女や貴族の娘たちにも手を出しているようだから、それほどたまっているはずもないのに、週に何度か誘いをかけてくる。

リシャールの方は、あえて素っ気なく、仕事を理由に三回に二回は断っており、それがよけいに飢餓感を募らせているのかもしれない。

「そんな時間はありませんよ。それに、今のノーザンヒールの王宮で、あなた以上に楽しませてくれる男を知りませんから」

「まぁ…、そうだな」

さらりとかわし、そして何気ない口調でつけ足したリシャールに、カイルが満足そうな顔でうなずく。

男の自尊心をくすぐる言葉。

前王やカイルや…、この手の男たちにとって、自分の身体がどれだけイイのか、リシャール自身はわからない。だが男たちを悦《よろこ》ばせる、ひどく淫《みだ》らな身体なのだろうと思う。手管もたっぷりと、前王に仕込まれた。

男の望む言葉をささやいて、煽って、たきつけて。狙う方へと思考を導く。

そんな駆け引きもうまくなったということだ。

「なんなら、今夜は俺が……」

「殿下、王宮の方で会見のお約束が」

そのままカイルは泊まっていきたそうな気配を見せたが、オレグがいくぶん焦《じ》れたように声をかけてくる。

リシャールを見る目がいかにも険しい。

ああ…、と思い出したように舌を弾き、カイルがしぶしぶながら別荘をあとにした。

ようやく一人きりになって——とはいっても、もちろん警護の者は数十人と別荘のまわりにいるわけだが——リシャールはひさしぶりによく風の通る庭の木陰で、長いベンチにゆったりと身体を伸ばしていた。

東屋ではなかったが、昔、のんびりと本を読んでいた頃のことを思い出す。

穏やかで、幸せで……何も知らなかった頃。

……それでも、自分が選んだのはこの道だった。

政変のあった二年前から——いや、その何年も前から、ただ一点を見つめて生きてきた。

あともう少しなのだ。

だがこのところ、ふいに緊張の糸が切れそうになることがある。この別荘で、一人でいられる時間は貴重だった。

何も考えず、なかば昔の夢を見ながらうたた寝するようにまどろみ、どのくらいたった頃だろうか。

カサッ…、とかすかに草を踏むような音が耳についた。

薄く目を開いたリシャールは、少しだけ上体を持ち上げる。が、目の前には抜けるような緑の芝生が広がり、その向こうに瀟洒《しょうしゃ》な別荘が見えるだけで、人の姿はない。もとより、呼ぶまで侍女たちが近づくこともなかった。

気のせいか…、と思いながらも、何気なく後ろを振り返った時だった。

すぐそばまで近づいていた二人の男——警備兵の出で立《いた》ちだ。

しかしその表情は恐いくらいに硬く、リシャールをにらみつけたかと思うと、いきなり剣を抜いて襲いかかってきた。

「——ハァァ…ッ！」

「死ねっ！」

「つっ……！」

リシャールは反射的に身をかわし、その勢いで地面へ転がり落ちた。ブン…！　と重い剣が風を薙《な》ぐ音が耳元をかすめる。

芝生を転がったまま距離をとり、素早く立ち上がったリシャールに、ベンチを左右からまわりこむようにして男たちが近づいてくる。

「何者だっ!?」

厳しい誰何《すいか》の声とともに、相手をにらむ。

二人とも頬から下を覆面で覆《おお》っており、そうでなくともあたりにはすでに夕闇が迫り、顔の判別が難しい時間帯だ。

だが体格や構えを見る限り、訓練を受けた兵士のようだった。もちろん、この場所に街のならず者たちが入りこめるはずもない。

リシャールの声に、相手は答えなかった。

ちらっとおたがいに視線で合図を交わし、どちらが行くかを決めたようだ。

「おまえの存在は国を脅かす。歴史を繰り返させるわけにはいかないからな……！」

低く口にすると、男が剣を構え、雄叫《おたけ》びとともに迫ってきた。

その姿は、自分の目にはっきりと映っている。が、リシャールはとっさに身動きがとれなかった。

対抗する武器もない。

――こんなところで。まだ、死ぬわけにはいかないのに……！

「く…っ！」

その思いで、寸前で突き出された剣をからくもよける。危うく転びそうになり、必死に踏みとどまった。

が、リシャールが逃れた方へ、後方を塞ぐようにしてもう一人の男が素早く立ちはだかる。

逃げ場はなかった。大声で叫んでも、警護の者が来る前に男たちはあっさりと自分を片付けて、逃げ去ってしまえるはずだ。

リシャールはギュッと手を握りしめた。

――ここで殺されるわけにはいかない。

しかし、もう次はないだろう。

目の前の男が剣を握り直し、背後の男もしっかりと構えている。

武器も持たず、武人でもないリシャールだ。彼らにとってはたやすい獲物のはずで、リシャールの瀬戸際の抵抗も余裕で眺めていた。

「死ねっ」

目の前の男が大きく剣を振りかぶる。

自分の荒い息遣いが耳に届くようだった。

剣を突き刺す勢いで、その大きな身体がぶつかってくるかと思った瞬間――。

いきなり重い衝撃とともに、リシャールの身体が弾き飛ばされていた。

一瞬、死んだのだと思った。男の身体に倒されたのだと。

しかし、地面に倒れこんで無意識に息をつめたリシャールの身体から、素早く男が上体を起こしたのがわかった。

「くそっ…、なんだっ！　きさま！」

混乱したようにわめく声が耳に届く。

どうやら森の方から飛び出してきた男が、剣をかわしてリシャールの身体ごと横飛びしたようだ。

男の大きな背中がリシャールをかばうように、片膝を地面につけたしゃがみ立ちの状態で、相手と対峙《たいじ》していた。

「大丈夫か、シャール……!?」

その――声。

自分の耳が信じられなかった。全身に鳥肌が立った。

館に出入りする商人のような出で立ちだったが、間違いなく――。

ちらっと一瞬、様子を確かめるように男が肩越しに振り返る。

――アーサー……。まさか。

心臓が止まりそうだった。

面差し…、というよりも、印象だろうか。かなり変わっていた。

がっしりと大きくなった体つき。身長もまた少し伸びている。しかし同時に、ずいぶんと引き締まったようにも思う。輪郭がすっきり削《そ》げ落ちていた。以前にはまだ残っていた品の良さがすっかり抜け、無精髭《ひげ》がわずかに顎を覆う、精悍な顔立ち。

二年ぶりだ。

激変した日常に追われ、男の風貌《ふうぼう》を変えるには十分な時間だったのだろう。

リシャールは目を見開いたまま、声も出なかった。

――なぜ……こんなところに……？

今、こんなところに姿を現すなど、無謀というしかない。敵地のど真ん中なのだ。

すぐに正面に向き直ったアーサーは、いきなり目標を失って動揺する男を油断なくうかがった。

「な…、何者だっ⁉」

あせったように男がわめく。……自分たちがくせ者の分際で、何者だ、もないものだが。

ハッと気がつくと、もう一人の男の方もすでに別の男と格闘していた。

どうやらレイモンらしい、とリシャールは察する。

やはり一緒に行動しているのか…、と、妙にホッとした。

それならば、少しはアーサーの身も安全だ。

「邪魔をするな…！」

返事も待たず、男がいらだったように叫ぶと、こちらに向かって突進してくる。

リシャールは一瞬、息を呑んだ。

見たところ、アーサーは武器を手にしていない。が、野生の獣のように俊敏に身を起こしたアーサーは、身体をひねると同時に、剣とともに男が突き出した手首をがっちりと押さえこんでいた。

「なっ…、――つぅぅ…っ！」

そのままの状態で腕がひねり上げられ、たまらず男が苦痛に顔を歪める。剣を握った腕から力が抜け、アーサーはその剣をもぎ取るようにすると、同時に男の腹に膝蹴りを食らわせた。身体を折るように崩れかけた男の顎を、下から勢いよく殴り飛ばす。かなり手荒い。

「……くそ…っ！」

背中から地面に倒れた男はなんとか身を起こしながら、助けを求めるように仲間の方を見る。が、そちらも同様に武器を奪い取られ、鼻先に突きつけられていた。

「ひ…引くぞ…っ！」

ダメだと悟ったらしく男が叫び、ジリジリとこちらをにらみながら数歩下がったあと、背中を向けて走り去る。

アーサーたちはそれを追うことはしなかった。

「なかなかいい剣だ。武器が手に入ったな」

奪い取った剣を片手でもてあそびながら、アーサーが何気ないように口にする。

そして、その視線がスッ…とリシャールに向けられた。

ビクッとリシャールの肩が震える。唇が乾いていた。

「おまえ…、どうして……？」

瞬きもできないまま、かすれた声がようやくこぼれる。

夢想だにできなかった。そんなところにアーサーがいるなど…、いや、この時期に自分の目の前に現れるなどと。

それでもようやく息を吸いこみ、なんとか冷静さをとりもどす。

「のこのこと自分から姿を見せるとは、ずいぶんと大胆だな」

そんなふうに言ったリシャールに、アーサーがあっさりと肩をすくめる。

「そうだな」

二年前に別れた時よりも、ずっと落ち着いた様子だった。余裕を感じる。……常に命の危機があり、追われる立場だというのに。

「……だが助かったよ。礼を言うべきだろうな」

リシャールはアーサーから目を離さないまま、淡々と、どこか皮肉めいた口調で言った。

「リシャール…！　おまえ、もっと言い方が…っ」

横で聞いていたレイモンがわずかに気色ばむ。

それをアーサーが片手を上げて制した。そしてやはり穏やかに、何気ないように尋ねてくる。

「襲われる心当たりはあるのか？　どこかの兵士だったようだが」

「ありすぎるな」

リシャールは顔を伏せ、思わず小さく自嘲《じちょう》した。

「私を殺したい人間は多い」

ほとんどまわり中、すべての人間が——、と言っていいくらいだ。

ただ、さっき襲ってきた連中の裏にいるのが誰かは、予想ができた。

『おまえの存在は国を脅かす。歴史を繰り返させるわけにはいかないからな…！』

男が叫んだ言葉は、これまでのことではなく、これからの危惧《きぐ》を示していた。

つまり、先々邪魔になる、と。

おそらく、カイルが自分にのめりこみすぎるのを恐れたオレグあたりが放った刺客なのだろう。前王のように食い尽くされ、いいように操られる前に。

「どれだけ自分が恨まれているか、よくわかっているようだな。……そもそも、アーサー、こいつを助ける必要などなかったんだ」

レイモンがまっすぐにリシャールをにらみ、ピシャリと言った。

昔はレイモンともよく一緒に遊んでいたが…、今、こんな言葉を浴びせられるのも、当然だとわかっていた。

それだけに、リシャールは冷笑で返す。

「まったくその通りだな。そもそもおまえたちは何をしにきた？　私を殺しにきたのでなければ、だが。偶然通りかかったわけではないだろう？　自分から捕らえられにきたわけでもあるまい。よく…、こんなところにまで入りこんだことには感心するがな」

何か狙いがあってここに来たはずだ。たまたま通りかかるようなところではなく、実際、こんなところにまで入りこむには、相当な危険があったはずだ。

あるいは…、王都に攻め入るために、ここを拠点にしようという考えで偵察に来た可能性はあるだろうか。

「王都が外とつながっている数少ない場所だ。王領ではあるが、一般の人間が立ち入らない分、意外と警備は薄い」

さらりと言われ、リシャールは嘆息してみせた。

「ご教授に感謝する。さっそく警備を増やすことにしよう」

そんな皮肉にアーサーが笑うように小さく肩を揺らし、懐かしげにあたりを見まわした。

「そうでなくとも、よく知っている場所だ。昔は…、よくこのあたりで遊んだものだからな。狩りや遠乗りもした」

やわらかなその言葉が鋭く胸を刺す。

リシャールももちろん覚えていた。王宮に比較的近い別荘ではあったが、リシャールたちが子供の頃は、王は政務にいそがしくここを使うことはほとんどなかった。

そのため、遠乗りの帰りや、街へこっそり遊びに出てうっかり怪我をし、王宮へ帰りづらかった時には、よくこの別荘へ泊まっていた。王宮から離れた、ちょっとした気分転換にもいい場所だったのだ。近くの川で遊んだり、森の中で冒険したり。レイモンも、何度か一緒に泊まったことがあったはずだ。

アーサーの言葉はレイモンに対してなのか、リシャールに対してだったのか。

その思い出の場所で、リシャールは何度も王に抱かれた。それでもここへ来ると、まだ小さかった――ただ幸せだった昔を思い出すことができる。

アーサーと一緒に子犬だったスクルドの躾《しつ》けをしていたこの広い庭は、少なくともまだ、きれいな思い出として残っている。

「子供の頃の小さな抜け道や何かも、まったく変わっていない」

まっすぐに向き直って朗らかに笑ったアーサーの表情は、一瞬、昔と同じ無邪気さを見せた。

胸の痛みを殺し、リシャールは冷ややかに口にする。

「なるほど。だが私が人を呼べば、すぐにでもおまえたちは捕まって処刑される。ずいぶんと無謀だな」

「なぜ呼ばない？」

さらりと返され、思わず視線をそらせた。

「仮にも命を助けてもらったからな。……まぁ、これでおまえも、あの時のつまらない負い目は消えただろう」

「負い目……？」

そんなリシャールの言葉に、怪訝そうにレイモンがつぶやく。

もちろん、アーサーは話していないのだろう。自分の恥だと思えば、当然だった。

かまわず、リシャールはピシャリと言った。

「私の気が変わらないうちにさっさと消えるんだな。だいたいなぜおまえがここにいる？　ここを隠れ家にする気だったのか…、それともユリアナ皇女の居場所でも私に聞きたいのか？　皇女は王宮の離れだ。ここほど簡単に忍び込める場所ではない」

まあ、皇女のいる場所くらいであれば、王宮の奥仕えの人間であれば、たいてい答えられるはずだ。秘密にされているわけでもない。

だが侵入となると、話は別だ。堀と城壁に囲まれた王宮へ入るにはどこかの通用門を通る必要があり、通行は厳しく制限されている。顔や鑑札の確認はもちろん、面変わりしたとはいえ、アーサーの顔を見知っている者も多い。

「いや、おまえに会いにきた。ここ数日、おまえがここに来ているとわかったんでな」

それにあっさりとアーサーが答えた。

「……なぜ？」

リシャールはわずかに目を見開く。

「会っておきたかった」

まっすぐにアーサーは答える。

「行動を起こす前に、か？」

「まぁ…、そうだな」

無意識にも探るように聞いたリシャールに、アーサーがあっさりとうなずく。

「おいっ、アーサー…！」

当然、秘密裏に行うべき行動のはずだ。

レイモンの方があせったように声を上げたが、かまわずアーサーは続ける。

「ユリアナの挙式が決まった以上、俺が動かないはずはない。おまえにもわかっているはずだ」

「そうだな」

リシャールは静かに微笑んだ。

「で、何ができる？　ここに忍びこんで…、私を人質にでもしようというつもりなのか？……無駄なことだ。今見たように、私を殺したい人間は多い。そういう連中を喜ばせるだけだろう」

あえて挑発的に言ったリシャールに、アーサーはやはり落ち着いて返してきた。

「俺は…、おまえの望み通りにしようと思う」

「私の望み？」

リシャールは一瞬、ドキリとする。聞き返しながらも、アーサーのその余裕、落ち着きぶりに、逆にとまどった。

「奪い返してみろ、とおまえは言った」

「ああ…、そういえばそうだったな。おまえにできるのなら、と。……できると思うのか？」

薄く笑って聞き返したリシャールに、アーサーはやはり静かに答えた。

「そのつもりだ」

淡々と、気負いのないその言葉に、表情に、リシャールは知らず、ぶるっと身震いする。

ふいに胸の内に何かがこみ上げてきて、大きく膨らんだ気がした。

──いよいよ…、と。そんな気がした。

ようやくその時が来るのだ、と。

「あの時の俺は何もわかっていなかった。だが今は、自分のやるべきことがわかっている」

まっすぐにリシャールを見つめたまま、アーサーが言った。

「おまえにそれを告げにきた」

「わざわざ宣言にか？　ご丁寧なことだな」

リシャールは冷笑する。

「そんな生真面目さがおまえの甘いところだな、アーサー。助けられたのでなければ、兵を呼んでいた」

あきれたように、リシャールは言った。

「そうかな？　おまえの望みは、俺を捕らえることではないだろう」

しかしアーサーの言葉に、リシャールは一瞬、ひやりとする。

「……どういう意味だ？」

「おまえの望みはノーザンヒールを支配することでも、ましてや北方に帝国を打ち立てることでもない」

きっぱりと言われて、リシャールはわずかに眉をよせる。

「では、何だと？」

「俺を動かすことだ。カイルからこの国を奪い返すように行動させること。確かにおまえは人を動かすのがうまい。父上にしても、カイルにしても、……俺にしてもな」

淡々と、しかし核心をつくような言葉に、リシャールは無意識に唇をなめ、そしてぎこちなく笑ってみせた。

「おもしろい考えだが、……そうだな。間違ってはいないのかもしれない」

ゆっくりと、冷静に返す。

「おまえも知っている通り、私は吹けば飛ぶような小国の世継ぎだった。王にとってはいいオモチャだっただろう。あるいは、おまえにとってもな、アーサー」

冷酷な、理不尽な言葉だとわかっていたが、リシャールはあえて口にした。

それにアーサーがわずかに目をすがめ、息を吸いこむようにする。

以前よりも、ずっと落ち着いた反応だった。むしろレイモンの方が激高した。

「リシャール！　おまえ…、何を言うんだっ!?　アーサーはずっとおまえのことを対等な友人として扱ってきたはずだ…！」

「レイモン」

それを冷静にアーサーが制する。

いずれにしても、自分とアーサーとの間のことだ。

リシャールはひっそりと微笑んだ。

「カイルにしても同じだ。ずっと私を侮っていた。だが、そんな男たちを私は手玉にとってきたわけだ。自分の手の中で、国や命までかけておまえたちがジタバタと動きまわるのを見るのは楽しいよ。そう…、私はその過程を楽しんでいるのかもしれないな。王とおまえがぶつかり合うのも、おまえとカイルがぶつかり合うのも。私の目の前で命をかけて戦い、どちらが生き残るのか。どちらが散っていくのか…。楽しみだ」

「リシャール、おまえ……」

レイモンが顔色を変えて絶句する。

しかしアーサーはまっすぐにリシャールを見て言った。

「俺の罪は……、あの時、俺の手で父を殺せなかったことだ。そのせいで、おまえにここまでさせた。その責任は、自分の手できっちりととるつもりだ」

以前のような、迷いのある眼差しではなかった。

そのことに、リシャールはホッとする。

「覚悟を決めたということか…。いいことだ」

何気ないように鼻を鳴らし、肩をすくめる。

「リシャール。次に会う時が、おまえと最後の決着をつける時になる」

静かに言われた言葉に、無意識に息を呑んだ。

その、次の瞬間だった。

いきなり伸びてきたアーサーの手が、強くリシャールの腕を引き寄せる。

あっと思った時には、全身がきつく抱きすくめられ、そして――。

「なっ…、――ん…っ…」

唇が塞がれていた。

一瞬、身体が硬直し、しかしとっさに突き放そうとした腕はそのまま縛りつけるように押さえこまれ、熱い舌先が唇をなぞるように触れる。

頭の中が真っ白に染まり、めまいがするようだった。

「アー…アーサー……？」

しかし呆然《ぼうぜん》としたレイモンの声に、ようやくリシャールには我に返った。

「は…離せ……っ！」

瞬間、全身の力で男の身体を突き放す。

その反動と、足に力が入らず、リシャールは思わずベンチに倒れこんでしまう。

「バカな……ことを……っ！」

怒りなのか、恥辱なのか。

むしろただ混乱して、吐き捨てるようにリシャールは声を上げた。

たかがキス――一つで。

すでに陽は沈みかけ、あたりは夕闇に沈み始めていた。そろそろ顔の判別ができなくなっている。

「次に会った時は、こんなにのんびりしたことはしていられないだろうからな」

静かにそう言ったアーサーの顔も、影に沈んで表情はわからない。

——感傷、なのだろうか？

リシャールは無意識にきつく胸を押さえ、身を固くする。そうしないと、何かが身体の奥から飛び出していきそうだった。

「早く…、うせろ……っ！」

顔を伏せ、そう吐き出すのが精いっぱいだ。

「おまえも…、身辺には気をつけろ。次に俺と会うまではな」

低い、そんな声が返ってくる。

そしてかすかな草を踏む音とともに、二人の気配が遠ざかった。

リシャールは胸をつかんだまま、しばらくぎゅっと目を閉じたままだった。

少し肌寒い風が耳元を通り抜け、カラスやトラツグミの鳴き声が遠く聞こえてくるようになって、ようやくそっと顔を上げる。

視界に入る限り、アーサーたちの姿はなかった。

ホッとすると同時に、何かがいっぱいに胸にこみ上げてくる。

無意識に、震える指が唇に触れた。

「あ……」

アーサーに触れられた感触を思い出しただけで、カッ…、と熱を持つようだった。

知らず、涙が溢《あふ》れていた。

最初で……最後のキスだ。好きな男との、最初で最後の、一度だけのキス。

考えたこともなかったのに。

バカだと思う。たかがキスで。しかも、あんなプラトニックなキスで。

体中が震えるほど、うれしかった。そして、つらかった。

この先――カイルや、もしかすると他の男とキスをするのに、どれだけ苦しくなるのか想像できる。

今までは何も考えず、平気だったのに。キスも、男のモノをくわえて悦ばせてやることも。

――ひどい…、本当にひどい男だ。

何もわかってなどいない。

何年ぶりだろう。

リシャールは声を殺すようにして泣き続けた――。

5

挙式まであとひと月に迫った頃、アーサーたちはフェルマスに入っていた。

他の、暴動が頻発している北方の国々と比べると、王都は遥かに落ち着いた雰囲気だった。さすがにピリピリとした空気は感じるが、殺気立っているほどではない。

フェルマスは小国であり、同盟国といいながらも、否応なくノーザンヒールに隷属《れいぞく》してきた歴史がある。それはつまり、領土が削られたことはあっても、徹底して自国が戦場となることを避けてきた、ということだ。一度戦いが起これば、あっという間に大国に呑みこまれることがわかっていた。

だから逆に言えば、国内での反乱や暴動はほとんどない。

この国の平和は、ひとえに隣の大国ノーザンヒールとの外交にかかっており、国王の冷静で思慮深い政策によるものだろう。

小国であるゆえに、悪く言えば、ノーザンヒールの目にとまらないように、あえて取るに足らない国として存在する。主権を主張せず、決して敵対しないように、一地方としての扱いであっても甘受する。

そうして、薄氷の上の平安を守ってきたのだ。……王家としては、屈辱の歴史だっただろうが。

それでももちろん、国民たちも隣国の動向に無関心ではいられない。街中での人々の話題はノーザンヒールの結婚式についてで、それも決して祝賀ムードというわけではない。

ロードベルの皇子が新しい国王となれば、この先、フェルマスはどうなるんだろうな…、という不安が口々にささやかれている。

侵略されるのか、併合されるのか――今のままの従属状態なのか。

そして「影の宰相」と呼ばれるリシャールの噂、だ。かつての、この国の世継ぎ。

「……結局、故国を捨てたってことだろ？　こんなちっぽけな国の王様をやるより、大国の宰相をやる方がいいってことさ」

「一国の皇子がだぜ？　尻を使って男をたらしこんでるなんて、まるで娼婦じゃねぇか」

「ああ…、たいした恥知らずだよな。まぁ、ノーザンヒールで育ったようなもんだし、もともとこの国のことなんざ、どうでもいいんだろうが」

「ていうか、いずれノーザンヒールに併合する気なんだろ？　式が終わって新王が立った時には、自分の生まれたこの国をさ…！」

「最悪のゲス野郎だな。国王陛下もご心痛だろうぜ。縁を切ったとはいえ、血のつながった息子だからなぁ…」

立ち寄った市場の中の一杯飲み屋で、そんな男たちの声高な会話がアーサーの耳に飛びこんでくる。

「自国民にも見限られているのですね…」

ルースが小さく鼻を鳴らすようにつぶやいたが、アーサーは何も言わず、ただ苦い思いを飲み下した。

相手方の窓口になるジュリアス——リシャールの従兄弟《いとこ》にあたる男だ——が会談の場に指定してきたのは、フェルマスの都から少し離れた湖畔の別荘だった。

王が静養に赴いており、密談にはちょうどいい、と。

大佐が交渉してなんとか実現した会談ではあったが、実際のところ、罠《わな》である可能性も否定はできない。当初、アーサーは単身で向かうつもりだったが、ルースが強く同行を申し出た。

「実際に自分の目で見極めたいのです」

そんな言葉に、アーサーはちらっと苦笑してしまう。

つまり、自分は信用されていない、ということなのかもしれないが、ルースにしてみればやはりリシャールの故国だということが引っかかっているのだろう。そのことで、兄の判断が甘くなるのではないかと危惧しているようだ。

罠だとすると、兄弟もろともに飛びこんでいくのはいかにも危ういが、逆に兄弟がそろうことでフェルマスの王へ誠意と覚悟を示すことにもなる。いずれにしても、賭けなのだ。

自分の命と、国の命運とをかける。

結局それに、大佐とフィルの二人が警護代わりに同行することになった。

ルースは相当に緊張し、警戒もしていたようだが、こっそりとフェルマス入りしたアーサーたちをジュリアスが自ら出迎え、別荘まで案内してくれた。

小ぶりな、王の別荘としては質素な館だった。あるいは、そう思ってしまうのは、かつてのノーザンヒールの王宮が華美に過ぎたせいかもしれない。

小国ということもあるのか、フェルマスの王族は国民とも近く、慎《つつ》ましく暮らしているようだ。もちろん非公式な会談で、アーサーたちは警護の兵たちを避け、裏庭のテラスから室内へ直接入りこんだ。

ルースやフィルはかなりあたりを警戒しているようだったが、アーサーにしてみれば覚悟はできていた。

結局のところ、何が正しいやり方なのかなど、その時にはわからない。やれることも限られている。今の自分にできることをやり、もし成し遂げられなければ……自分の意志と思いを、未来へ引き継がせるしかない。

カーテンを揺らして、そっと入りこんだ部屋の中には、灰色がかった髪の五十前くらいの男が一人、ソファに腰を下ろしているだけだった。

「陛下、お連れいたしました」

ジュリアスがその前に立って一礼したのに、その男こそがフェルマスの国王――リシャールの父だと知れる。

ちらっと大佐と視線を合わせ、アーサーがまっすぐにその前へ進み出た。ルースは数歩後ろで、万が一、何かあった場合には大佐とフィルがすぐに楯となって逃げ出せる体勢をとっている。

だがざっと室内を見まわしても警護の兵はおろか侍女の姿もなく、潜んでいるような息遣いも感じられなかった。隣室へ通じているらしいドアも大きく開かれたままで、おそらく国王の指示なのだろう。

罠を仕掛けるつもりはない、という言外の意思表示だ。聡明な人だな、と感じる。

ジュリアスの言葉に国王は一つうなずいただけで、スッ…とアーサーにまっすぐな視線を向けてきた。落ち着いた、穏やかな物腰だ。

「初めてお目にかかります、陛下。アーサー・アマディアス・ランドールにございます。このような流浪の身に謁見をお許しいただき、まことに恐縮に存じます」

その前にぴしりと立ち、頭を下げて丁重に拝礼したアーサーの耳に、王の穏やかな声が届く。

「顔を上げられよ、アーサー殿。まあ、このような形でなければ、あなたに直接お目にかかることはなかっただろうがな」

そっと息を吐き出し、正面から向き合ったフェルマスの国王はさほどリシャールと似た容姿ではなかったが、しかし冷静で落ち着いた雰囲気には似通ったものを感じた。

実際、一国の王が自国を離れることはまずないわけだし、アーサーにしても――こんな状態でなければ、国を出て他国の王に直に会うことなどなかったはずだ。

「もう六、七年も前になるのかな。フローリン…、皇女の身を助けていただいたこと、深く感謝している」

静かに告げられた礼に、アーサーは言葉少なく、いえ、とだけ返した。

それがすべての発端だったとすれば、自分のしたことが正しかったのかどうか、自分でもわからない。

「しかし今、前王である実の父君を手にかけ、反逆者として追われる身のあなたがわざわざ私に会いたいというからには、よほどの考えがおありなのだろう」

淡々と、なかば試すように言われた言葉に、ルースが後ろから高い声を上げた。

「父に手をかけたのは兄上ではありません！」

王がわずかに目をすがめ、ちらりと確かめるようにそちらを眺める。

弟皇子だと、初めて認識したのかもしれない。

「ルース」

振り向くこともないままにアーサーは低くいさめ、話を続けた。

「確かに、私が手にかけたというのは事実ではありません。が、私も父を廃し、王位を簒奪《さんだつ》しようとしていたことは間違いありません」

リシャールのしたことを口にするつもりはなかった。……あるいは、知っているのかもしれなかったが。

弟のルースにも、リシャールが手を下したということは話していなかった。ただ、リシャールやカイルの手の者がやった、と告げただけで。

ほう…、とわずかに視線を上げ、王が小さくつぶやく。

前王を誰が殺したか、ということよりも、アーサーが父親に対して謀反をもくろんでいた、ということに対してだろうか。もちろんそれが本当かどうか、アーサーの言葉以外に確認しようがないとしても。

「もしもあの夜の襲撃がなければ、私が同じ政変を起こしていたでしょう。ただもっと、穏やかなものになっていたはずです。これほどの血を流すことはなかった」

それはアーサーの後悔でもある。

あと一日でも早く、自分がことを起こせていれば、と。

「リシャールが邪魔をした、ということかな？」

薄く笑って、王が尋ねてきた。皮肉だろうか。

「リシャールにしても限界だったのでしょう。私とリシャールとはかつて、この北方の国々にとっての同じ未来を見ていたはずでしたから。私が……、私の、力が足りなかったのです」

唇を噛みしめ、アーサーは声を絞り出した。

力が足りなかった——、などという言葉ではとても言い訳できない。だが、他に何と言えばいいのかわからなかった。

「前王の権力は強大だったからな。結局、リシャールは君を見限って、自分で動くことを選んだというわけだ。カイル殿をパートナーとして」

冷ややかな言葉が、刃物のようにアーサーの胸を貫いてくる。

フェルマスの国王は、少なくともリシャールが望んで父の「情人」だったわけではないということを知っている。リシャールがはっきりと言わなかったとしても、察しているはずだ。

リシャールの妹姫のことでの借りがあり、必死に抑えていたとしても、アーサーに対して言いたいことはあるはずだった。

「兄上、何を言っているんですかっ!?　そもそもはリシャールが父をたぶらかして、こんな……！」

「ルース！　黙っていろっ！」

しかし我慢できなくなったように叫んだ弟を、アーサーは一喝した。

ルースが驚いたように、そしてとまどったままにも口をつぐむ。

納得できない、もどかしげな気配は感じられたが、今はそれを説明している時ではない。だが、いずれルースにも真実を話さなければならないのだろう。

父親の罪が「リシャールにたぶらかされた」ということではないのだと。

しばらく沈黙が落ちたあと、王が静かに口を開いた。

「それで、今日はどういう用件かな？」

この会見を取りつける時、ある程度の話は通しているわけで、わかってはいるはずだったがうながすように尋ねられる。

もちろん、直接アーサーの口から聞く必要があるのだ。言質をとる意味でも。

アーサーはそっと息を吸いこみ、自分たちの状況と目的とを率直に語った。強いて感情に頼むようなことはせず、王の判断に任せる形で。

王はじっくりとアーサーの話に耳を傾け、慎重に口を開いた。

「つまり、ノーザンヒールをとりもどすために協力を得たいと？」

淡々と王が確認した。

「虫のいい話でしょう。かつてノーザンヒールはこの国を蹂躙《じゅうりん》し、搾取していた。いざ自分の国が奪われた時、助けを求めるなどと」

「幸い同盟国であったからな。国を奪われたわけではないよ」

王が吐息で笑う。が、それは凍りつくような冷たい笑みだ。

言葉通りの意味ではないはずだった。長い間、父に、ノーザンヒールに隷属させられてきたわけだから。

王として、どれほどの屈辱だったか。どれほどの我慢を重ねてきたか。

「他の国々にも、……リシャールにも、です。国をとりもどしたのち、父と同じやり方をするつもりはありません」

「国王というのは、常に自国の利益を考えねばならん。何が正しいということはない。それだけに各国の利害は対立する」

淡々と言ってから、ふっと、その眼差しがアーサーを見つめてくる。

「なぜ、フェルマスに助力を求めた？　リシャールがノーザンヒールの中枢にいる今、我が国はむしろ、今のノーザンヒールを支持してよいはずだろう？」

「支持していらっしゃるなら、この二年、もっと積極的な動きがあってもよかったはず。陛下はあえて、リシャールと距離をとっていらっしゃるのではないですか？」

「リシャールの評判は地に落ちているからな。このフェルマスの中でさえも」

疲れたようにかすかに笑い、深い息とともに、王がしばらく瞑目《めいもく》した。

息をつめるようにアーサーたちが見守る中、ようやくまぶたを押し開いて言った。

「話は承った、アーサー殿。私も…、今のノーザンヒールのあり方がこの北方一帯にとってふさわしいとは思っていない。カイル殿がロードベルの王位継承権を放棄していない以上、いずれはノーザンヒールとロードベルが一つの超大国になることは目に見えている。二つの国の間で兵が始終行き来し、間にある国々はいずれ、併合されることになるだろう。わが国も、否応なくその流れに巻きこまれることになるだろうな」

「リシャールは……、いえ、リシャール殿は、ご自身の故国に対して何らかの申し出はないのですか？」

「ルース」

いつの間にか前へ出るようにして、疑り深くルースが口に出して尋ねたのに、アーサーはその肩をつかむようにして引きもどした。

だが、ルースの言いたいことはわかる。

本来なら、もっと優遇していいはずだった。新たな領地を与え、国を大きくすることも、今のリシャールであれば可能なはずだから。

が、王は軽く首を振って応えた。

「リシャールはすでにフェルマス王家の人間ではないよ。ローゼンベリー侯爵。それが今のあの子の名前だ」

顔色も変えず、さらりとした口調だっただけに冷たく、アーサーの胸に響いた。

さすがにルースもハッとしたように息を呑む。

「リシャールにとって、フェルマスはすでにノーザンヒールの一部なのだろうな。私が生きている間は、まだ私の顔を立てて国として残しておくつもりかもしれんが」

つぶやくように口にして、深く息をついた。

……この人はすべてを知っているのだろうか？ リシャールの書いた筋書きのすべてを。

アーサーはじっと王を見つめたまま考える。

すべてを理解した上で、自分の役割をまっとうするつもりなのか。父としてではなく、国王として。

「それで、何をお望みか？」

やがて視線を上げて、静かに尋ねてくる。

「わが国は吹けば飛ぶような小国だ。軍もさほど大きくはない。あなた方と共同戦線を張ってノーザンヒールに戦を仕掛けるようなリスクを負うことはできんが？」

理性的な、穏やかな口調だ。

自分の父親とはまるで違う。小国を存続させるには、何よりも思慮が求められる。どんな相手に対しても礼節を守り、あらゆる意見に耳を傾ける。口数は少なく、決して短慮に走らない。駆け引きはあるにしても、誠実に対応し、粘り強く交渉する。

信用に足る方だ、という印象を強くした。

「軍を出していただく必要はありません。ただ、解放軍の者たちにノーザンヒールとの国境を越えさせていただきたいのと、……それと、妹ユリアナの結婚式への招待状が届いていることと思います。その使節に私を含めて数人、交えていただきたいのです」

アーサーの言葉に、王がわずかに目をすがめた。じっとアーサーを眺めてから、静かに口を開く。

「リシャールがしたように、中から崩すと？」

「カイルはノーザンヒールの王ではない。中へ入りさえすれば、リシャールやカイルが乗っ取った時よりも遥かにたやすいはずです。王宮にいる人間の半分は、ノーザンヒールの者なのですから」

カイルさえ、押さえればいいのだ。そして周辺を固めているだろう、ロードベルから連れてきた兵士たちを。

「確かにな…」

王がうなずく。

「それで、アーサー殿。そのあとはどうされるおつもりか？」

淡々と尋ねた。

それが、フェルマスにとっては何よりも大きな関心事のはずだ。

「約束いたします。故国をこの手にとりもどしたあとは、ニブルーをフェルマスに返還し、それ以降、決してこの地を侵すことはない。カイルは同盟国に領地を返還したようだが、私は先の戦争での敗戦国に対しても、かつての領国を復活させるつもりです。今のノーザンヒールに父の時代の軍事力はない。ロードベルに対しての守りも必要になる。その状態であれば、廷臣たちもそれに反対することはないはず」

皮肉なことだが、この状態になった今、アーサーのしようとしていたことは、むしろやりやすくなっていた。身内の反発はほとんどない。

そしてロードベルに対抗するためにも、他の国々は中立を保つはずだ。どこに対しても侵略はしにくくなる。

はっきりと言い切ったアーサーを、しばらく王はただじっと見つめていた。

「口約束などではあてにならぬとお考えですか？　念書を書いてもかまいませんが」

「いや」

続けて言ったアーサーに王が首を振る。

「あなたはすでにノーザンヒールの王であられる。約束を違《たが》えることはなかろう」

「では……！」

アーサーと王との会話を息をつめるようにして聞いていたルースが、思わずというように身を乗り出した。

「式にはジュリアスを向かわせるつもりだが、使節に同行させられる人数は限られる。数名を厳選されよ」

王が事務的な口調で言った。

「おそらくこの四人と、あと一人二人となりましょう」

それにうなずき、王がソファから立ち上がった。密会の終わりを告げるように。

「あとはジュリアスに任せる。……私があまり深く知るのもまずかろうからな」

万が一、計画がもれた場合——だ。

ジュリアスにすべての責任を負わせる、というと言葉が悪いだろう。だが計画が失敗した時、国王が関わっていることが発覚すると、それこそ国が消滅する。

それはわかっているはずだが、王の脇で立っていたジュリアスが、いくぶん固い表情で、はい、とうなずいた。

挨拶もなく、何気ない様子で隣室へ移ろうとして、ふと思い出したように王が振り返った。

「昔…、リシャールはよくあなたのことを手紙に書いてきていた」

静かに言ってから、口元で小さく微笑んだ王に、アーサーはハッと目を見開いた。

「あなたが…、リシャールの夢を引き継いでくれたというわけだな。あの子は、ずいぶんと変わってしまったようだが。それにしても、よくこの状況でフェルマスを頼ろうと思ったものだ」

いくぶんあきれたように言われたそんな言葉に、アーサーは無意識に乾いた唇をなめる。

「かつて…、リシャールが言ったことがありました。決してフェルマスは私を裏切らない、と」

かすれた声が、知らずこぼれ落ちる。

幼い日の、約束だった。まるで、この日を予言していたかのような。

それは、アーサーがノーザンヒールの王となり、リシャールがフェルマスの王となった時、ともに歩む、という意味だったはずだが。

だがリシャール自身、自国のあり方を知っていたのだ。父王の政治のとり方や、外交のあり方を。

だからこそ、言い切れたのだろう。

思い出して、アーサーは首から提げていた細い革紐《ひも》を服の中から引っ張り出す。頭から外すと、その先についていた小さな銀の指輪ごと、数歩近づいて王に手渡した。

「昔……、ずっと昔に、これをリシャールからもらいました。陛下が与えられた王家の指輪でしょう」

おそらくは人質になる幼い息子に、故国と王家の誇りを忘れないように、と。

受けとった王がそれを見つめ、わずかに目をすがめる。

「これを……、あなたにか……」

そして小さく言葉をもらした。

「陛下にお返しできてよかった」

いくぶん晴れやかな思いで言ったアーサーに、王が小さく息をつく。そしてそのまま、アーサーの手に押し返した。

「いや、これはあなたが持っていてくれ。……せめて、あの頃のあの子の思いを」

「しかし……」

わずかにとまどったアーサーに、王が一瞬、目を閉じた。

そして静かに、なかば独り言のように口を開く。

「私はリシャールを五歳の時に手放して以来、一度も顔を見ていない。王妃もだ。どのように成長したのかを知らない。どのような人間になったのか…、あるいは、どのような怪物になったのか。……二度と、会えぬのだろうな」

そのまま、特に返事を待たず部屋を出た。

あっ、とようやくそれに気づく。

リシャールを両親と引き裂いたのは、父だった。そして今、また引き裂こうとしているのは自分だった。

王にはわかっていたのだ。

アーサーたちの作戦が成功したとしても、失敗したとしても、おそらく二度と、父と息子が会うことはない。

「兄上……？」

その後ろ姿を見送り、呆然と立ち尽くしてしまったアーサーに、不思議そうにルースが声をかけ、ようやく我に返った。

「今日のところは、これで」

ジュリアスの固い声にうながされ、アーサーたちは足早に廊下へ出る。

そして正面ではなく、裏の森へ続く回廊へ入ったところだった。

「――待って！　お願いっ、お兄様を助けてっ」

悲鳴のような高い声が背中に突き刺さり、アーサーたちが反射的に振り返ると、一人の若い女性が走りよってくるところだった。

「あ…、姫様っ」

それをあわてて、ついていた侍女が引きとめている。

「お願いっ、お兄様は悪くないの…っ！」

ハッと、アーサーは気づいた。

リシャールの妹だ。かつて、アーサーが助けた少女。

あれから七年がたち、すっかり大人の女性になっていた。美しく、リシャールとよく似た面差しで。

「私のせいなの……！　私がいけないのっ。私がすべてを狂わせたのよ……！」

涙を流して叫び、必死に侍女の手を振り払おうとしている。

「フローリン、いけません！」

と、ぴしゃりと別の女性の高い声がその背後から響き、アーサーは思わず目を見張った。

リシャールの母――王妃だろう。よく、似ていた。リシャールにも、妹姫にも。

妹姫からさらに気品と気高さが増した感じだ。

そっと皇女の肩に手を置くと、その足元に崩れるように皇女が泣き伏した。

王妃はじっとアーサーを見つめ、ただ静かに一礼した。握りしめた手が小さく震えているのがわかる。

アーサーも唇を噛みしめ、硬く礼を返すと、ジュリアスにうながされるまま、足早に館を出た。

「息子のことを…、やはり心配しているんでしょうか。それとも、恥じているのかもしれませんね。しかしあの…、リシャールの妹姫が自分のせいだと言っていたのは……？」

裏庭を走り抜けながら、ルースが考えこむようにつぶやいたのに、アーサーは低く言葉を押し出した。

「ルース。父は…、おまえの思っているような男ではなかった」

「どういう意味です？　もちろん、リシャールなどにたぶらかされて国を失う羽目になったのですから、甘さはあったのでしょう。ノーザンヒールにあれほどの繁栄をもたらしながら、結局は愚王として歴史に名を残すことになるのでしょうね」

悔しげに、ルースが唇を噛む。

その横顔を眺め、アーサーは静かに言った。

「父が、政治の名の下に各国へしてきたことはおまえも理解しているだろう」

ルースにしても、以前、リシャールを罵っていた頃の子供ではない。

話しておくべきなのだろう。

「父は……殺されても仕方のない人間だったということですか!?　確かに…、政治的にはかなり強硬なやり方をとっていたかもしれませんが……」

さすがに気色ばんで声を上げる。

「政治の問題ではない」

しかしアーサーの方は高ぶることなく、淡々と続けた。

「俺が殺すべきだった」

――リシャールにやらせるくらいだったら。

「兄上……！」

迷いもなくきっぱりと言い切った言葉に、ルースが愕然とした表情で立ちすくむ。

その弟の顔をじっと見つめて、アーサーは静かに言った。

「ルース、おまえに話しておかねばならぬことがある。今までのことと…、そしてこれからのこともな」

それから何度かジュリアスと連絡をとり合い、フェルマスの商人たちにまぎれこませるようにして少しずつ、国境からノーザンヒールの国内へ解放軍の人間を送りこんだ。

決行の日まで分散して王都に潜み、準備を整える。

その先発隊をまとめる役目は、レイモンに任せた。王宮内で異変が起こった時、王都の警備兵を足止めし、民衆を落ち着かせる役割だ。そして王宮内の密偵と連絡をとり合い、ユリアナの身の安全を確保してもらう。

アーサーや大佐は、式の前日にフェルマスの使節に交じって同行することになっていた。その方が国境で細かいチェックを受けずにすむし、王宮の中までスムーズに入りこめる。

そして結婚式を十日後に控え、アーサーは公然と「ノーザンヒールの正統な王」を名乗り、祖国を占拠するロードベルに対しての宣戦布告を行った。

さらにそれに呼応するように、北方の地方で暴動や反乱がいっせいに巻き起こった。

打ち合わせ通り、カイルを揺さぶるための陽動だ。

口火となる最初の大規模な反乱は、王都からまとまった兵を差し向けやすい、ノーザンヒールの国境あたりで起こした。そこから兵を都から引き離すような形で、次の暴動はもう少し遠く、そしてさらに遠く、という感じだ。それを三方面ほどで行えば、ある程度の兵力を分散させることができる。

慎重に、時に大胆に、そして着実にやるべきことは多く、挙式までの時間はあっという間だった。

が、一刻も早くノーザンヒールへ入りたいと急くような思いもあり、逆にひどく遅いようにも感じられる。

その知らせが飛びこんできたのは、アーサーたちがフェルマスの使節に交じってノーザンヒールへ向かおうというその朝だった。

「ノーザンヒールに潜伏している者から緊急の知らせが……！」

仲間の一人が顔色を変えて飛びこんでくる。

「レイモンが……捕らえられました！」

第四章

1

結婚式、引き続いての戴冠式という国家的な儀式を三日後に控え、王宮内は華やいだ明るさと慌ただしさと、そして緊張感に包まれていた。

その儀式に合わせるかのように、各地で反乱軍の動きが活発になっており、一時期なりを潜めていた残党たちも一気に動きを活発化させていた。

リシャールも、アーサーたちの動きを逐一つかむことは難しかったが、それでもひと月ほど前にはフェルマスへ入ったという報告は耳に届いていた。

それでいい…、と、ホッとした。

アーサーがフェルマスを頼らなければ、ノーザンヒールへ潜入するのは難しい。

従兄弟のジュリアスとは、秘密裏に入念な打ち合わせをしていた。……この数年、顔を合わせたことはなかったが。

そして七日ほど前には、アレンダールの地でついに「解放軍」が決起したのだ。

初めて、ノーザンヒールの王としてアーサーが名乗りを上げてのことだった。

「父殺しの汚名をそそぎ、簒奪された王位をとりもどす」

アーサーたちの大義はそれに尽きる。

つまり、カイルとリシャールが結託し、前王を亡き者として祖国を奪ったのだ、と。

戯《ざ》れ言《ごと》だ、と表向き平然とした顔をしてみせていたカイルだが、さすがに心安らかではないのだろう。

アーサーを「王を僭称《せんしょう》する偽者」であるという声明とともに、その討伐のために大部隊を送ったところだった。

以来、ずっとピリピリとしていたカイルだったが、しかしこの時はひどく機嫌がよかった。

なんだろう…？　と怪訝に思っていたが、呼び止められたリシャールは、唐突にその名を出されて、思わず口の中で繰り返していた。

「――レイモン・アルバック？」

なんとか内心のあせりを押し殺したので、驚いた様子に聞こえただろう。

「覚えているか？」

楽しげに聞かれ、リシャールはうなずいた。

「ええ、もちろん。アーサーの側近ですね。レイモンがアーサーの脱獄にも手を貸したはずです。彼を…、捕らえたのですか？　王都で？」

何気なく確認しながら、リシャールは背筋に冷たい汗がにじむのを感じる。

「そうだ。ロードベルの兵と揉《も》め事になった子供をかばって飛び出してきたようでな。同行していたノーザンヒールの警備兵の中に、顔を見知っていた者がいたようだ」

なるほど、とリシャールは小さくつぶやく。

ふっと、昔、アーサーと街へ出た時のことを思い出した。リシャールが通りがかりに見かけた少女をかばったせいで、アーサーが警備兵たちと殴り合いになったのだ。

あの約束を交わした幼い日、……まさか未来がこんなふうになることなど、想像してはいなかった。

一瞬、リシャールは目を閉じる。

レイモンはどうやら、運が悪かったようだ。が、アーサーやレイモンは逃亡者としてノーザンヒールの兵に追われる身なのだ。特に王都では見つかる危険は大きい。気持ちはわかるが、脇が甘いと言うしかない。

今の、ノーザンヒールの兵たちの中には、アーサーを信じて待っている者もいるのだろうが、大半は父王を殺した反逆者だと思っていた。今、ロードベルの兵に大きな顔をされている元凶がアーサーだと恨んでいる者たちも、決して少なくはないはずだ。

「アーサーが近くにいたのかもしれん…」

考えるように顎を撫で、カイルが目をすがめた。

「それはどうでしょう。解放軍が近郊で決起しているようですから、そちらで指揮を執っている可能性もありますね。アーサーがすでに王都に潜入しているのでしたら、もっと目撃情報があってもいいと思いますし」

慎重に、リシャールは言葉を返す。

「いずれにしても、狙いは結婚式の阻止だろうがな」

「それはそうでしょうね。ユリアナ皇女を奪いとるつもりだったのかもしれません」

「ふん…、無駄なことを」

カイルが冷笑して鼻を鳴らす。そして唇に酷薄な笑みを刻んだ。

「見せしめに処刑してやるか。式の前のいい余興になるな」

楽しげに言ったカイルに、リシャールはあからさまに眉をひそめてみせた。

「血なまぐさすぎますよ。民衆も怯《おび》えますし、皇女も嫌悪するだけです」

「わかっているさ。冗談だ」

その指摘に、カイルがつまらなさそうに肩をすくめる。

皇女の結婚に新王の戴冠式となれば、普通なら罪人にも恩赦が出るほどの慶事なのだ。血で汚すようなことではない。

「ま、いずれ処刑するにしても、その前にやつにはいろいろとしゃべってもらわないとな。今、地下牢《ろう》で拷問にかけているところだ。アーサーがドブネズミみたいに隠れまわっている場所が知れるのも時間の問題だな」

カイルが高笑いする。

もちろん、知りたいことは多いはずだ。今のアーサーの居場所、解放軍の実態、人数や兵力、どんなやり方でノーザンヒールへ入りこんだのか。そして何よりも、これから先の計画。

拷問——。

リシャールは一瞬、息をつめる。ちりっと肌が粟立《あわだ》つのがわかる。それでもさらりと言った。

「しゃべりますか？　あの男が」

「しゃべらなければ死ぬだけだ。まぁ、しゃべったところで死ぬのは変わらんが…、少しは楽に死ねるだろうな。だが、確かに手こずってはいるようだ」

カイルがちょっと顔をしかめた。

実際、思っていたように簡単には進んでいないのだろう。アーサーへの忠誠心、というより、友情。そして国への思いがあれば、そうたやすく口を開くとは思えない。

リシャールはちょっと考えるようにしてから言った。

「一度、私にやらせていただけませんか？」

「拷問をか？」

さすがに驚いたように、カイルが聞き返してくる。リシャールは苦笑してみせた。

「いえ…、それは専門ではありませんから。でも、あなたの配下が拷問をしているのでしょう？　しゃべらせるためには揺さぶりが必要なのですよ。言ってみれば、飴《あめ》と鞭《むち》です」

「おまえが飴をくれてやると？」

「ええ。レイモンは今、さんざん痛めつけられているのでしょう？　もちろん死に怯えているはずです。私は昔からレイモンとも面識はありますから、もし必要なことを話せば昔のよしみで命は助けてやる、と約束するのです」

「うまくいくのか……？」

カイルが難しい顔で首をひねる。

「レイモンが私を信用するかどうかは怪しいところですから、うまくいくとは限りませんが、やってみて損はないと思いますよ。死に直面している人間は脆《もろ》いものですからね。悪魔にでもすがりたい気持ちはあるでしょう。土壇場でアーサーを裏切ってもおかしくはありません」

「なるほどな…」

アーサーが裏切られる、という小気味よさにだろう。

カイルの口元に下卑た笑みが浮かび、よし、とうなずいた。

「確かにおまえは悪魔だからな。では、夜が更けてから地下牢を訪ねてみるか。それまで拷問係には思う存分、痛めつけておいてもらうとしよう」

機嫌よく兵を呼び寄せた男を残し、リシャールは部屋を出る。

と、自室へもどる手前の回廊で、ふっと後ろに気配を感じた。ニナだ。

「リシャール様」

小さくかけられた声に、足を止めることなく、振り返ることもないまま、リシャールは短く言った。

「レイモンが捕らえられた」

「はい。先ほど私も聞きました」

「助け出す」

短く、必要な会話だけを交わす。

「この時期、ヘタに動くとまた面倒なことになるのでは？　リシャール様も危険ではありませんか？もし怪しまれたら……」

めずらしくニナが確認するように問い返したが、リシャールは決然と言った。

「放ってはおけない。この国の再建に必要な男だ」

アーサーの右腕となる男だ。いや、すでに今でも、だろう。

この先もずっと、アーサーの隣でその力になってくれるはずだった。

うらやましさと切なさで、胸の奥深くが軋《きし》むように痛む。

それを押し殺すようにして、リシャールは続けた。

「式の準備でバタバタしている時だ。あと二日、隠し通せればいい」

「どうされますか？」

カイルと話している間に、頭の中で計画は立てていた。迷っているヒマはない。

「すぐに準備してもらうものがある。難しいが…、今すぐにだ」


真夜中に近い時間になって、リシャールはカイルとともに地下牢へと向かっていた。

二年前、アーサーも捕らえられていた場所だ。

レイモンに口を割らせるやり方は事前にカイルと打ち合わせており、カイルが一つうなずいてから、警護の兵を二人ほど連れて先に地下牢へと下りていく。リシャールは遅れて姿を見せることになっていた。

リシャールと、リシャールがふだんからそばで使っているフェルマスの兵が二人、闇の中で残される。

カイルたちの姿が地下へ消えるのを確認してからリシャールがうなずくと、兵の一人が手にしていた明かりをそばの草むらに向けてわずかに振る。

と、カサッ…とかすかな葉擦れの音とともに、ニナが顔だけ出してうなずいた。

そして少し時間をおいて、リシャールも二人の警護を連れて地下へと下りた。

半分ほど進んだところで、いきなり「くぁぁぁぁ……っ!」と地を這《は》うような苦悶《くもん》の声が大きく反響して聞こえてくる。耳が痛いくらいだ。ついで、バシッ! と鋭い鞭の音が続けざまに響く。全身の毛が逆立つようだった。

それでも一歩ずつ、その凄惨《せいさん》な場へ近づいていく。

下りきった空間は奥に広い地下牢で、中ほどから鉄格子で区切られているが、今はその扉は大きく開かれたままだった。

いくつもの明かりが灯《とも》された中は十分に視界がきき、敷かれた石畳の上に赤い血が流れているのがわかる。

たどるように見つめた先に、レイモンがいた。

いや、おそらくレイモンだろう、と推測できるだけだ。

天井から両手を縄で吊《つ》り下げられ、全裸に剝《む》かれた身体は胸も背中も足も、ヘビがのたくったようなひどいみみず腫れで皮膚が裂け、肉が浮き上がっている。そして蹴られたのか殴られたのか、顔は赤黒く腫《は》れ上がって、もとの人相もわからないくらいだった。乾いた血が目元や口元に張りついている。

リシャールは思わず息をつめた。

「それほどかばう値打ちがある男とは思えんがな…、アーサーは。しょせん、踏み潰される運命の、哀れなネズミに過ぎん」

レイモンの脇に立つ、いくぶん瘦《や》せた男が手にした鞭をさらに巧みに振るい、すでに力なく揺れているレイモンの身体が踊るようによじれた。すでに息も絶え絶えだ。

男が手にしているのは九尾の鞭だ。短めの、先が九つに分かれたもので、それぞれの革紐には先に尖《とが》った鉄線がついており、獲物に当たるたび、むごたらしく肌を切り裂いて新たな血を流させている。

「これは…、ずいぶんとひどいことを……」

思わず、リシャールはつぶやいた。

カイルとの打ち合わせで、リシャールは同情した様子をしてみせることになっていたが、ことさら演技をする必要もない。

「リシャールか……」

ようやくリシャールが来たことに気づいたふりで、ことさら名前を聞かせるように、カイルが大きく呼ぶ。

「どうした、こんなところに？」

「あなたこそ、幸せな花婿の来るような場所とは思えませんよ」

「ひさしぶりに旧友が帰ってきたと聞いたものだからな。顔を見にきただけだ」

カイルが低く笑う。カイルもレイモンとは面識はあったはずだが、もちろんそれほど親しかったはずもない。

ゆったりと鉄格子の入り口をくぐって近づいたカイルの前で、拷問係がそばにいた配下に命じて吊るしていたレイモンの身体をわずかに下げさせる。

足が床へついてもとても自力で立っていられるような状態ではなく、レイモンの身体はぐったりと前屈《かが》みに倒れこんだ。

「カイ…ル……？」

肩が大きく上下し、必死に荒い息をついているのがわかる。意識も朦朧《もうろう》としているのだろう。さっきまでの、カイルとリシャールとの会話も耳に入っていたかどうか怪しい。

それでもカイルが無造作にレイモンの髪を引きつかんで顔を上げさせると、ようやく目の前の男を認識したようで、その目にわずかに光がもどる。

「さっさとアーサーの居所を吐いてしまえば楽になれるものを、つまらん忠義立てをしているようだな。——な…っ!?」

にやにやといびつな笑みを浮かべた男に、レイモンが血の混じった唾を吐きかける。

リシャールも、レイモンとは子供の頃、一緒に遊んだ記憶があるが、たいていアーサーと一緒だった。いつも陽気で、機転の利く男だ。人当たりがよく、空気を読むのもうまい。場の雰囲気が悪くなりそうになると素早く、そしてさりげなく話を変えたり、間に入って和ませたりしていた。

それだけに、こんなふうに真っ向から相手を怒らせるところを見たのは初めてだ。

しかも、こんな場面で。自分の死に直結する状態で。

宮廷で生きるための駆け引きにはない。すでに覚悟を決めているのかもしれなかった。

レイモンのそれだけの矜持《きょうじ》を予想もしていなかったのだろう。表情を強ばらせ、カイルが怒りを押し殺すように深く息を吸いこんだ。

「それを貸せ」

そしてレイモンをにらみつけたまま、拷問係に片手を伸ばす。

「あ…、は」

我に返ったように、拷問係が手にしていた九尾の鞭をカイルに手渡す。

それを握るなり、カイルは大きく振り上げてたたきつけるようにレイモンの身体に鞭を振るった。

「ぐぁっ…！　あぁ…っ！　うぁぁ……っ！」

ピシャリと皮膚を鞭打つ音とともに、割れるような悲鳴が地下牢に響き渡る。

次々と流れ出す鮮血の匂いがむっと立ちこめて、リシャールについていた兵の一人が激しく咳《せ》きこんだ。気分が悪くなったのか、地下牢の隅で背中を向けてうずくまる。

「おい、大丈夫か？」

あわてて、もう一人の兵がその背中をさすっている。

「軟弱だな…、フェルマスの連中は」

カイルについていたロードベルの兵士たちが、それを横目にあからさまにあざ笑った。

「カイル、そのへんで。殺してしまっては元も子もないでしょう」

リシャールが声をかけると、ようやく腕を下ろした。

ふん、と鼻を鳴らし、鞭を拷問係へ放り投げる。

配下の男がレイモンを吊り下げていた縄から手を離し、どさり、と文字通り糸が切れたようにレイモンの身体が床へ落ちる。

リシャールはそっとカイルへ——レイモンへと近づいた。

「この男もバカではありません。別のやり方で話せば、きっと理解すると思いますよ」

意味ありげに言ったリシャールの声に、レイモンが荒い息をつきながら、ようやく腫れ上がったまぶたを薄く開く。

「おまえ……、…シャ……ル…」

「アーサーを信じているのでしょうが…、アーサーがどれだけくだらない男か知ればきっと考えも変わるでしょう」

さらりと口にすると、いったん鉄格子の外へ出て、先に出ていたカイルにそっとささやいた。

「あとは私が。拷問係がいると萎縮して話せないでしょう。あの男を外へ出していただけますか？」

今すぐにでも殺したいのだろう、不服そうに、それでもカイルが拷問係を呼び寄せる。

「尋問をリシャールに代われ」

短く命じたカイルに、拷問係が表情を変えた。

「殿下、もう少し私にお任せくだされば…。今から手足の指を一本ずつ、潰していくところでございます。そのあとは耳を削ぎ、目をえぐり出す。必ずや口を割りましょう」

不満げににらんできた男に、リシャールは微笑んで言った。

「あなたがあれだけ痛めつけてくれたので、私の懐柔がやりやすくなるのですよ」

「しゃべろうがしゃべるまいが、リシャールの尋問が終われば、あとはおまえの好きになぶり殺しにでもすればいい」

吐き出すように言ったカイルに、拷問係がいかにも満足げな笑みを浮かべて一礼する。

「御意に」

「式の前ですから公然と見せしめにはできませんが、街の外れにでも放り出しておけばいいでしょう。身元のわからない死体など、毎日いくつも出てきますからね。ただ判別がつくように衣服など元通りに着せておけば、仲間たちがこっそりと引き取りにくるかもしれません。見張っていれば、あと何人か引っかかるかもしれませんよ」

「ああ…、それはいいな」

リシャールの策に、カイルがにやりとうなずいた。

あとを頼む、と言い残して、カイルが石段を上がっていく。

「では、我らは外におりますから、あなたの尋問とやらが終わったらお呼びください」

いくぶん慇懃無礼な物言いでそう残すと、拷問係とその配下の男も後ろを気にしながらだったが、ようやく地下牢をあとにした。

その背中を見送り、視線で合図を送ると、さっきまで牢の隅で吐きそうにしていた男が素早く立ち上がって鉄格子の中へと入っていった。

リシャールもそのあとから続き、血に濡れた床へ跪《ひざまず》いてレイモンに声をかける。

「大丈夫……ではないでしょうが、もう少し、我慢してください」

ささやくようにそっと口にしたリシャールに、レイモンが薄く目を開いた。

「リ…シャール……、俺は……何も……しゃべらな…い……」

「しゃべる必要はありません」

あっさりと言うと、先に入っていた男が手早く脱ぎ捨てたマントを、もう一人の兵と一緒に抱き起こしたレイモンの身体に着せかける。

「なに、を……？」

レイモンはとまどった様子を見せたが、振り払う力はないようだった。

「あなたを連れ出します。声を我慢して。しばらくじっとしていてください」

それだけ言うと、リシャールはレイモンの身体を引き上げ、床へしゃがんだ兵の背中へ乗せるようにする。両腕をなんとか男の肩から落とし、ずり落ちないようにマントの下で身体を固定した。そして最後に、レイモンの頭にフードを被せる。

「頼む」

短く言ったリシャールに、はい、と兵がうなずき、落とさないようにゆっくりと石段を上がっていった。

「あの程度でだらしのない…」

「手伝ってやろうか？」

リシャールも息をつめ、石段の途中まで上がって出入り口の様子をうかがうと、拷問係とその配下の男がからかうような声を上げているのが聞こえてくる。

が、どうやらさっき気分を悪くした兵だと思ってくれたようで、気にした様子もなく、レイモンをおぶったままの兵はゆっくりと離れていく。

「リシャール様」

身代わりに残った兵が懐に忍ばせていた短剣を差し出し、うなずいて受け取ったリシャールはそれを片手に隠し持った。

そして彼が地下牢の隅、明かりの届かないあたりまで引っこんで壁にもたれかかるようにすわりこむのを確認して、そのまま地上へと上がった。

「尋問はうまくいったのですかな？」

顔を出したリシャールに、拷問係が冷笑するように聞いてくる。できるはずはない、と高をくくっていたのだろう。

「ええ。聞くべきことは聞けました」

ほう…、とおもしろくなさそうにつぶやいた男だったが、もともと嗜虐《しぎゃく》趣味があるのだろう。

「では、あとはこちらで楽しませていただいてもよろしいのですな」

「お好きにどうぞ」

答えたリシャールに、拷問係がいそいそと下へ下り、配下の男があとに続く。

その背中を眺め、ちらっとリシャールがあたりに視線をやると、闇の中でカサッ…とかすかに葉擦れの音がして、小さな影が近づいてきた。ニナだ。

それを確認してから、リシャールも急いで二人のあとから地下牢へ下りていく。

「まだ何かご用が？」

その気配に気づいて、下へ下りきったところで拷問係が振り返った。

「ええ。彼の身につけていたもので、何か他の仲間たちの手がかりがないかと」

もっともらしい言葉に、ああ、とうなずいて拷問係が顎を振ると、指示された配下の男が牢の中へ入っていった。

薄闇の中にぐったりと倒れている捕虜には見向きもせず、反対側の隅の方にまとめていたレイモンの衣服などを抱え上げる。

「死体になったあとは、元通りに服を着せておいてください。顔や身体があの有様では、服くらいでしか彼だと特定はできないでしょうから」

「確かにそうだな…」

そんな何気ない会話を交わしながら、リシャールはさりげなく拷問係の半歩後ろへ位置をとる。

「あの男の身につけていたものはこれで全部です」

配下の男が牢の外へレイモンの衣服などを放り出した。

「よし。あいつを前へ引きずり出せ」

満足げに拷問係がうなずき、配下の男が再び牢に入って捕虜の方へと近づいた。

わずかに身を屈め、ぐったりとした腕を引こうとした次の瞬間——。

しなるように俊敏に跳ね起きた捕虜の蹴りが腹に入り、男の身体は反対側の壁まで吹っ飛んで頭がたたきつけられる。

「なに…っ？」

突然のことに声を上げた拷問係の注意がそちらへそれたと同時に、リシャールは剣を突き出した。

ずぶり、と男のやわらかい脇腹深く、剣が沈む感触がわかる。

「な……」

大きく目を見開いた男の顔が、驚愕に固まっている。

リシャールは無表情なまま、身にまとっていたマントをしっかりと身体に巻きつけ、顔も覆ってから剣を引き抜く。

ザッ…と血飛沫が飛んできたのがわかった。一滴一滴の重みを感じるようだった。

と同時に、男の身体がズサリ…と床へ沈む。

ギャァァッ！　ともう一人が恐慌をきたしたような悲鳴を上げたが、捕虜——だと思っていた男に剣の先を突きつけられて、ヒッ…と息を呑んだ。

「どうされますか？」

「ここで死体が増えると始末が面倒になる」

聞かれて、冷酷にリシャールは答える。

一瞬、ホッとしたように男が息をついたが、あくまでも「ここで」でしかない。

「こちらの男の方が体格も似ているようですから。髪の色も同じですし、使えるでしょう」

いつの間にか下りてきていたニナがリシャールの足下に屈み、手にしていた明かりを照らして拷問係の死体を確認した。

「髪をもう少し短くして、顔を潰しておきます」

顔色も変えずに淡々と言ったニナに、リシャールはうなずいた。

それに、残されていたレイモンの服を着せておけば身代わりになる。

「始末を頼む」

「はい。しかし、この男が消えたことを不審に思われるかと」

「あと二日だ。押し切る」

迷っているヒマはなかった。

「わかりました」

「リシャール様。あとは我らが」

牢の中からうながされ、リシャールは、頼む、と短く口にして地上へ上がった。

無意識に新鮮な夜の空気を身体いっぱいに吸いこみ、思い出して血まみれのマントを脱ぎ捨てる。

それを後ろからついてきたニナに預けながら言った。

「死体は、カイルに言って警備兵たちに捨てさせる」

ニナには、事前に拷問に関わっている人間を確かめてもらい、レイモンの代わりになるようなら使い、あまりにもかけ離れた体格であれば別の死体をあらかじめ用意してもらうことになっていた。二目と見られないような無惨な死体を、ただ捨てにいくだけの兵士たちが細かく確認することもない。

「はい。それまでに準備は整えておきます。薬なども、あらかじめお部屋に運び入れておきましたので」

その言葉に、リシャールはかすかに微笑んだ。

「ああ、助かる」

さすがによく気がつく。

役割分担はあらかじめできていた。本当に腹心の者だけ数名、リシャールのそばで手を尽くしてくれている者たちだ。

この二年——いや、五年、だ。

リシャールだけではない。彼らもまた、異国の、敵国の真ん中で嘲笑《ちょうしょう》や不当な扱いに耐え、時に聞こえる本国からの心ない非難に目をつぶって、ただ一身に、一つの目的だけを見つめてきたのだ。

ぐっと腹に力を入れ直し、王宮へもどったリシャールは、まっすぐにカイルの部屋へと向かった。

オレグが一緒で、くつろいだ様子で酒を飲みながら、最終的な式の打ち合わせをしていたらしい。

「どうだった？」

「ええ、しゃべってくれましたよ」

「本当か？」

半信半疑で聞き返され、リシャールは微笑んでうなずいた。

「ええ。アーサーたちは式の当日、参賀に集まる近郊の民衆たちに交じって、北門から王都へなだれこむつもりのようですよ。式の当日は祝い酒も振る舞われますからね。兵士たちの気持ちが浮き立ってるところを一気にたたくと」

「なるほど、では兵をそちらに集めておけばいいな」

ほう…、とカイルが顎を撫でてつぶやくように言ったが、オレグは疑わしそうに眉をひそめた。

「しかし、それではあまりに安易な策に思えますがな…」

「はい。ですから気取られないように、このところ近郊で陽動のための暴動を頻繁に起こしているのでしょう。レイモンは先に王都に潜入して、いろいろと情報を集めていたようですね」

「ふん、小賢《こざか》しい…」

カイルが鼻を鳴らした。

これで式の前日あたりから、カイルは王都や宮中の警備兵たちも北門の方へ振り向けるだろう。王宮からは一番離れた場所になるので、分断しやすい。

「あと二日か…。ようやくだな」

カイルがグラスを干し、夢見るように目をすがめた。

「三日後には新王の誕生ですね。カイル・ファンネル・ノーザンヒール国王陛下」

「いい響きだ」

リシャールの言葉に、満足げな笑みをこぼす。

が、オレグはいかにも警戒するような眼差しでリシャールを眺めた。

「即位後の新政権についてのご相談でしたら、私の宰相位への叙任を、即位後は速やかにお願いしますよ」

「わかっているさ」

カイルは上機嫌に返したが、おそらくオレグは、リシャールがカイルをおだて上げて国王に祭り上げ自分が実権を握るつもりだ、とでも考えているのだろう。

では、と帰りかけて、思い出したようにリシャールは振り返った。

「ああ…、そうでした。レイモンは死にましたので、兵をやって夜明けまでに死体を手頃なところに放り出しておいていただけますか？」

「なんだ、あっけなかったな」

ハッ、と吐き出してから、意味ありげな目で尋ねた。

「おまえが殺したのか？」

「人聞きが悪いですね。拷問係の腕でしょう。生かしておきたいなら、それなりのやり方をしないと。あのあと、ずいぶんと楽しんでいたようですから」

「だろうな」

カイルがせせら笑う。

「よし。死体を引き取ろうとした者がいれば、やつらの仲間というわけだな。見張りもつけておこう」

「結婚式は目前ですから。捕らえたとしても、処刑はあとにしてくださいね。あなたも血まみれ王など呼ばれたくはないでしょう」

「わかっている。やるなら、人目に触れないようにやるさ」

酷薄に笑った男に、やれやれ…、と苦笑するようにして、リシャールは部屋を出た。が、扉を閉めたとたん、スッ…と浮かべていた笑みは消え、急いで自室へともどる。

奥の、寝室のベッドにレイモンは寝かされていた。

王宮の中で、誰かを隠すのならここが一番、人目につかない。

人が出入りすることも稀《まれ》だし、カイルがたまに夜、忍んでくる――忍んでいるつもりだろうが察している者は多く、それだけにあえて近づかないようにしている。

そうでなくとも、表面上は慇懃《いんぎん》に接してくる兵や侍従たちにしても、心の中ではリシャールのことは嫌っている。ノーザンヒールの人間には憎まれている、と言っていいだろうし、ロードベルの人間には軽蔑されている。どうしてもという必要がなければ、誰かが訪れるようなこともなかった。かえってよかったのだろう。

本当は皇女の離宮にかくまってもらえるといいのだが、周辺はカイルが警護の兵を巡回させていた。逃亡と奪還の両方を警戒して、ということだろう。

リシャールが寝室へ入ると、ここまで連れてきた配下の兵が、丁寧に身体を拭き、手当をしているところだった。

「どうだ？」

人の気配に、いくぶんあせったように振り返った男に尋ねる。

「殿下！　……ええ、呼吸は安定してきました。かなり弱ってはいますが」

「代わろう。おまえは先ほどの地下牢へもどって、ニナたちを手伝ってやってくれ。あとでロードベルの兵が死体を引きとりにいく。手筈通りに受け渡してくれ」

はい、としっかりうなずき、男が足早に去っていった。

リシャールが近づいてレイモンの様子をうかがうと、どうやら寝ているのか、意識を失っているのか、青白い顔で目は閉じていた。が、呼吸は確かに規則的になっている。

脇にはニナがそろえていた薬や治療道具がまとめてカゴに入れられており、リシャールは手当の続きをした。

傷口を水で浸したやわらかな布で丁寧に拭い、汚れを落としていく。腫れ上がった部分には緩く絞った布を乗せる。そして塗り薬をたっぷりと破れた皮膚に伸ばして、上から油紙と包帯を巻く。

一通り終えてから、身体の他の箇所を確認した。

足の爪がいくつか剝がされ、肋骨《ろっこつ》も折れているようだったが、幸い致命傷になるような深い傷はなかった。死ぬとしたら、出血死だっただろう。

なるほど「拷問係」だけあって、なるべく損傷を与えずに、最大限の痛みを与える術《すべ》に長《た》けていたらしい。その方が長く楽しめる、という個人的な嗜好かもしれないが。

「リ……シャ…ル…？」

ふいに、空気を揺らすようなかすかな息遣いが聞こえた。意識をとりもどしたらしい。

だがなかば夢うつつなのか、ぼんやりとした視線があたりをさまよう。

「水を飲みますか？」

枕元へわずかに身を屈めて尋ねると、レイモンが瞬きするようにうなずいた。

リシャールは水差しからグラスに水を注ぎ、片腕でわずかにレイモンの首を起こすようにして少しずつ、水を飲ませてやる。

再び枕に頭を落とし、ハァ…、と落ち着いたようにレイモンが息をついた。ようやく意識もはっきりとしてきたらしい。

「なぜ……助けた？」

そしてじっとリシャールを見つめ、息遣いだけの声で尋ねる。

リシャールは静かに答えた。

「あなたに頼みがあるのです」

2

二カ月ぶりの故郷だった。王宮に足を踏み入れたのは四年ぶり、だろうか。

だが、この地を追われるように去ったのが遥か昔に思える。

建物や庭の景色や、目に入るものすべてが懐かしかったが、そんな感傷に浸っている余裕はなかった。敵地のど真ん中なのだ。常に神経を張りつめていなければならない。

従者や馬番としてフェルマスの使節にまぎれ、王宮の警備兵の目をすり抜けて、アーサーたちは生まれ育った王宮へと入っていた。

客室として案内された一角の庭先まで馬を引き入れ、他の従者に交じって旅装のマントを目深に被り、荷物を下ろしながら周囲に気を配る。さすがに王宮内には、アーサーたちの顔を見知っている者も多い。

と、わずかに場がざわついたかと思うと、遠来の客への挨拶にカイルが姿を見せた。

横でルースが一瞬、殺意をみなぎらせたのを、アーサーは視線で制した。ルースが気持ちを落ち着けるように、深く息を吸いこむ。

しかし次の瞬間、ルースがこらえきれないように、あっ…、と小さく声を上げていた。

——リシャールだ。カイルに続いて近づいてくる。

アーサーも一瞬、息をつめた。

しかし馬を押さえていた大佐が小さく咳払《せきばら》いし、我に返って馬車に積んでいた荷物を受けとった。

今回の使節の代表になるジュリアスが、急いで二人の方へと近づいていく。アーサーたちから距離をとるためでもあるのだろう。

「ジュリアス…、おひさしぶりですね。わざわざお疲れ様でした」

「元気そうでなによりだ、リシャール。……失礼、ローゼンベリー侯爵」

穏やかなリシャールの声に、いくぶん固い調子でジュリアスが返している。

「ああ…、確かリシャールのお従兄弟だったかな？　ジュリアス殿」

「はい。このたびはおめでとうございます、カイル殿下。殿下とお呼びできるのも明日まででございますね」

「式典のためにご足労おかけしたな」

まんざらでもなさそうに、いかにも尊大な様子でカイルが答える。

「リシャールにはずいぶんと助けてもらっている。私がノーザンヒールの王になったのちは、フェルマスとも友好な関係が築けるものと確信しているよ」

「ええ、フェルマスもそれを願っております」

どこか白々《しらじら》しい会話だ。おたがいに、それはわかっている。

振り向きたい衝動を必死に抑え、それでもアーサーは全神経を背中に集中させていた。

「ともかく今日はゆっくりと旅の疲れをとってくれ。リシャールともひさしぶりなのだろう？　積もる話もあるだろうしな」

やはり王位がすぐ目の前に見えているからだろうか。カイルの機嫌はいいようだ。

そんな中、ふいに「わん！　わんわんわんっ！」と、どこからか興奮したような犬の鳴き声が耳に届く。

スクルドだ――と反射的にアーサーは察した。

鳴き声はどんどんと近づいて、まっすぐに自分に向かってくる。

スクルドがひさしぶりに仲良しの匂いに気づいて、夢中で走ってきたのだ。一直線に飛びついてくる勢いだった。

だが、まずい。

振り返ることもできないまま、アーサーは一瞬、身体を強ばらせる。

「――スクルド！」

と、その時、叱《しか》りつけるようなリシャールの厳しい声が大きく響いた。

パタッ…、とすぐ後ろで止まったスクルドが、少し迷うようにその場でうろうろしている。

「スクルド、ダメだよ。お客様の邪魔をしては。こちらにおいで」

しかし主《あるじ》であるリシャールにピシャリと言われ、名残惜しそうに、くぅん…、と鳴いて離れていく気配がする。

「失礼を。フェルマスの干し肉が好物ですので、お荷物の中に匂いをかぎつけたのでしょうね」

「落ち着きのない犬だな…」

カイルがあきれたように鼻を鳴らす。

気をそらせるようにリシャールが言った。

「ああ、ジュリアス、片付けに何人か侍女を手伝いによこしましょうか」

「それは申し訳ありません」

と、カイルのそばへやってきた侍従が、恭《うやうや》しく別の使節の到着を知らせる。

「またのちほど、ジュリアス殿。ゆっくりと休まれよ」

では、とリシャールも黙礼し、スクルドを連れて去っていく。

ふぅ…、とようやくアーサーも肩から力を抜いた。

そっと肩越しにうかがうようにして振り返ると、ちょうどリシャールの姿が回廊の角から消えるところだった。

知らず、じっとその背中を見つめてしまう。

「スクルドの方が、カイルよりも何倍も鋭いようですね」

ルースがちらっと茶目っ気を見せるようにして笑う。

「そうだな。だが危ないところだった」

――リシャールは、気づいていたのだろうか…？　気づいていて、かばってくれたのか。

「今日姉上に…、会えるでしょうか？」

ぼんやりとそんなことを考えていたアーサーの耳に、ルースの言葉が少し遅れて入ってくる。

「いや、式まで他国の人間が会うことはできないだろうな」

「様子を見るだけでも？」

あきらめきれないように、ルースが言葉を重ねる。

「ダメだ。万が一、誰かに気づかれればすべてが終わる。ジュリアス殿も、フェルマスの王家もただではすまない。この一度しか、チャンスはないんだ」

厳しい声でアーサーは言った。

「今日と明日、あと二日ですからな。ご辛抱を」

大佐も低く続け、ルースが硬い表情でうなずく。

「ユリアナは大丈夫だ。だが、レイモンが……」

アーサーは無意識に唇を噛んだ。

「この王宮のどこかに捕らえられているのでしょうか？」

ルースの言葉に、自分がいたあの地下牢かもしれないな、と内心で思う。

解放軍の中でも中枢にいる男だ。アーサーの右腕であり、側近中の側近。貴重な情報源としてどれだけの扱いを受けているのか、想像に難くない。

「大丈夫ですか？　もし、レイモンがこちらの計画をしゃべっていたら……？」

ようやくその可能性に思い当たったのか、わずかに表情を引きつらせてルースが聞いてくる。

もし計画がもれていたら。

アーサーたちは一網打尽だ。フェルマスの王家もただではすまない。ジュリアスもここで捕らえられ、二度と故国の地を踏むことはできないだろう。

「……いや。あいつはしゃべらない」

わずかに息を吸いこんで、アーサーはきっぱりと言った。

そのことを疑ってはいなかったが、しゃべらなければそれだけつらい――つらいなどと言葉では言い表せないほど、凄惨な目に遭うことになる。

それがわかるだけに、苦しかった。

もちろん、すぐにでも助けに行きたかったが、さっき自分が言ったように、ここでうかつな行動には出られなかった。

だがもし、何もしなかったせいでレイモンが命を落としたら――と思うと、全身が総毛立つようだ。

だがもう、引き返すことはできない。計画の変更もできない。

いったいどれだけの犠牲が必要なのか――。

アーサーは思わず目を閉じる。

その犠牲に見合うだけのものを、自分は返せるのか。

そしてリシャールは、いったいどれだけのものを犠牲にしてきたのか――。

3

運命の、一日だった。

七年も前から、この日のために生きてきた。

そしてこの朝、リシャールがベッドで目覚めた時、隣にいたのはカイルだった。

ゆうべは明日の花婿がリシャールの寝所へ忍んできていたのだ。

「結婚したら、しばらくは花嫁の相手をしてやらねばならんからな」

そんなふうに言って、思うままリシャールの身体を貪った。

「おまえのように、こんな……男を誘う痴態は、気位の高い生娘には到底期待できんだろうしな……」

さんざんなぶり、声を上げさせ、いやらしくせがませた。リシャールも恥ずかしく尻を突き出し、甘い声で男をねだってやる。

何度もリシャールの中で果てて、ようやく許されたのは明け方近くになってからだった。

カイルも寝足りないようだったが、侍女が「オレグ様がお探しでございます」という伝言を持ってきたのだ。

なにしろ明日の主役だ。そして今夜には、各国の客人を招いての前夜祭のような歓迎の宴《うたげ》も盛大に催される。準備することは多いはずだった。

「ああ…、すぐに行く」

気怠《けだる》げに起き上がったカイルが、しどけなくベッドに横たわるリシャールを未練がましく眺めてくる。

「いよいよ明日ですね」

その男を見上げ、リシャールは艶《あで》やかに微笑む。

「ああ…、ようやくだ」

カイルにしても、人生でもっとも気力が充実している時なのだろう。

「花嫁は私ほど乱暴に扱わないようにお願いしますよ。男を知らない方ですから、優しくして差し上げないとね」

ことさら、バラ色の未来を語ってやる。

「おまえは少し強引なくらいが好みなんだろうが？　その方が反応がいいぞ？」

からかうように口にしたリシャールに、カイルが全裸にローブを引っかけながらにやりと笑った。

「心配するな。俺は女には優しい。まあ、ユリアナも二、三度褥《しとね》をともにすれば、自分から腰を振るようになるかもしれんがな…。たっぷりと子種を注いでやるさ」

下劣に言い放つと、思い出したように確認する。

「今宵《こよい》の宴にはおまえも出るのだろうな？」

「ええ。けれど長居はしないつもりです。私がいると場の空気が悪くなりそうですから」

「そうでもなかろう。俺がおまえを重用していることはみんなわかっている。おまえの機嫌をとりにくる連中も多いと思うがな」

確かにそうかもしれない。打算的で計算高い連中は。

そんな国の出方を書き記しておければ、将来的にノーザンヒールが各国と交渉する際の、一つの指針になるかもしれない。

「では、のちほど」

カイルを見送り、ふぅ…、としばらくぼんやりと、リシャールは天井を見つめた。

リシャールもほとんど寝ていないくらいだったが、眠気は感じなかった。

どうせ明日からは死ぬほどに眠れる。

そう思うと、ふっと唇に皮肉な笑みが浮かんだ。

ようやく重い身体を起こし、リシャールは濡らした布で身体を拭った。中へ出されていたものも自分で掻き出す。

緩くローブをまとい、グラスに一杯、水差しから水を注ぐと、それを手にしたままリシャールは寝室の奥の扉を開く。

窓のない衣装部屋で、たくさんの大きな衣装箱が壁に沿って並べられている真ん中に、レイモンが寝かされていた。

一通りの手当てをしたあと、誰かがふいに入ってきても見つからないよう、昨日こちらに移したのだ。

「おはようございます」

薄暗い中に、淡々とリシャールは声をかけた。

「お水、飲みますか？」

「ああ…、悪いな」

レイモンがわずかに上体を起こし、素直に手を伸ばしてくる。

まだ顔の腫れは残っているし、体中の傷は塞がりきっておらずに熱を持っていたが、それでも昨日一日身体を休めて、気力は回復したようだった。食事も少しずつ、こまめにニナが運んでおり、体力がもどってきているせいか、顔色もかなりよくなっていた。

一気に水を飲み干し、ハァ…と息をついて空のグラスをリシャールに返しながら、まっすぐに見つめてくる。

「ずいぶんと絶倫なんだな…、あの男は」

「ええ。まあ、前王もそうでしたから、帝国を築こうという野心家にはそのくらいの精力が必要なのでしょうね」

寝室とは薄い扉一枚を隔てただけの部屋だ。リシャールのあられもない淫らな声も、レイモンには丸聞こえだったはずだ。

グラスを受けとってから腕を組み、クスクスと喉を鳴らして返したリシャールに、レイモンが居心地悪そうに目をそらした。それでも唇をなめ、尋ねてくる。

「おまえの望み通りに…、状況は動いているのか？」

レイモンが何を聞きたいのか、ちょっと意味を取り損ねる。が、心配事といえば、アーサーたちのことでしかない。

「アーサーは王宮内にいますよ」

静かにリシャールは答えた。

昨日、その姿を――後ろ姿だけ、だったけれど、見た瞬間にわかった。

無事に潜入したのだ…、とホッとした。

「あなた方の企てが成功するか、失敗するのか…、見物《みもの》ですね」

うっすらと微笑んで言ったリシャールを、レイモンが再び見つめてきた。

「成功すれば…、おまえは死ぬ」

「ええ」

「失敗しても、俺を助けたことがバレると立場は危ういんじゃないのか？」

「言いくるめられますよ。あの男ならいくらでも」

リシャールはあざ笑うように軽く肩をすくめた。

「どっちに転んでも、おまえにとっていいことはないと思うが？」

冷静な指摘だ。

それにリシャールは哄笑《こうしょう》してみせた。

「言ったでしょう？　私はただ、バカみたいに誰も彼もが命がけで国を奪おうとしているゲームを、近くで眺めて楽しんでいるだけですよ。ああ、復讐…と、思ってもらってもかまいませんが」

「復讐？」

「私の人生に対する。そして、すべてを奪ったこの国に対する…、ね」

「ずいぶんと破滅的だな……」

レイモンが小さなため息とともにまぶたを伏せる。

「まあ、あなたも死にたくなければおとなしくしていてください。助かる確率も、半分くらいはあるのでしょうから」

冷たく言い捨てるように口にすると、リシャールは扉を閉ざした。

目を閉じ、ふぅ…、とため息をつく。

とはいえ、混乱のさなかでは何がどうなるかもわからない。できれば、レイモンは移動させた方がいいのかもしれないな、と思う。

おそらくはユリアナ皇女の離宮が一番安全なのだろう。アーサーたちが攻撃することはないし、ロードベルの兵にしても、みだりに立ち入ることはない。

その時までに、他にもまだやるべきことはあった。

「――リシャール様、失礼いたします。ヨーレンのオルフ殿下がご挨拶したいとお申し出でございますが」

隣室の居間に通じている扉が開き、侍従が告げた。

どうやら早くも動き出した者がいたらしい。

かつてこのノーザンヒールで、同じく「人質」だった男だ。いったん国へ帰っていたが、「旧友」であるカイルの祝賀ということで、使節として訪れたのだろう。

「では、南のテラスへご案内を。そちらでお会いしますと」

答えたリシャールに、は、とかしこまって侍従が下がった。

着替えてからそちらへ向かうとすでにオルフは来ていて、リシャールの姿に「ひさしぶりだな」と馴れ馴れしい様子でリシャールの肩をたたく。

明日にはこのノーザンヒールの新王となるカイルのもとで、補佐官の立場で事実上の政務を取り仕切っているリシャールだ。かつての人質仲間からしても、リシャールは機嫌をとっておかなければならない、そして腹を探っておかなければならない相手なのだ。

それぞれに新政権との距離も確認しておきたいのだろう。オルフのあとからも次々と内心の嫌悪を押し殺して、各国からの使者が挨拶に顔を見せていた。

そんな連中に愛想笑いで対応し、午後になってようやくいったん部屋にもどったリシャールのもとを、今度は別の男が訪ねてきた。

オレグだ。

先触れもなかったし、わざわざリシャールの部屋までやってくるのもめずらしい。しかも、手には葡萄酒《ぶどうしゅ》らしい小さな陶器の瓶と、同じような陶器のゴブレットが二つ入ったカゴまで提げている。

「明日の晴れの日を前に、あなたとは一度、じっくりと腰を据えて先のことを話し合っておいた方がいいかと思いましてね」

「奇遇ですね…。私もそう考えておりました」

微笑んで応えたリシャールは、オレグを部屋に招き入れる。

そして何気ない様子で、この居間と、隣の寝室まで一続きになっているテラスに面した大きな扉を開く。心地よい初夏の風が涼やかに吹きこんできた。

「明日も天気はよさそうですね。よかったです」

さりげないそんな言葉でリシャールが振り返ると、オレグがテーブルにゴブレットを並べたところだった。そして瓶の栓を抜き、葡萄酒をそれぞれに注ぎ入れる。

「お招きした使節の方々より、いい葡萄酒をいただきましたのでね」

そう言って、オレグはソファへすわりこんだ。

「それはありがとうございます」

穏やかに微笑んで返しながら、リシャールも向かいに置かれたゴブレットの前に腰を下ろす。

「ああ、そうだ。あなたはご存じないかな？　拷問係が消えたという報告が上がってきていたのだが。部下の一人も一緒に」

探るような眼差しに、一瞬、リシャールはひやりとしたが、何食わぬ顔で答えた。

「拷問係というと、一昨日《おととい》レイモンを尋問していた男でしょうか？　顔もまともに見ていないので覚えておりませんが」

いかにもおぞましい、と言わんばかりにリシャールは眉をひそめてみせる。

「そう、そのあとだ。いつの間にかいなくなっていたようでね」

「さあ…。私が話を聞き出したあと、あの男はすぐにレイモンを殺してしまったようですから。街へ女を買いにでも出たのではありませんか？　その男もレイモンが死んで、仕事はなくなったわけですからね」

肩をすくめてさらりと言ったリシャールに、オレグがふむ…、と考えるように小さくうなる。何か確信があったわけでもないのだろう。

「そういえばあのあと、レイモンの死体で誰か引っかかりましたか？」

「ああ…、そう、死体を持って帰ろうとしていた男たちがいたようだが、兵が取り逃がしてしまってね」

オレグが不機嫌に顔を歪める。

「それは残念でした。けれど、明日にはアーサーも捕らえられるのではありませんか？　ああ…、けれど捕らえたにせよ、討ちとったにせよ、公表はしばらくお控えください。ユリアナ皇女にとっては実の兄上ですからね。できれば、少し離れた場所で戦死したという形が一番、無難そうですが」

「そうだな…」

うなずいてオレグが顎を撫でた時だった。

ガタン…、とかすかな音が隣の部屋から響いてくる。

「……んっ？　誰かいるのか!?」

顔色を変え、あせったように立ち上がったオレグが、背中側だった寝室のドアをいきなり大きく開いた。怒鳴り声を張り上げる。

「何をしている!?」

「あの、ベッドを整えておりました…」

それに女のか細い声が答えているのが、リシャールの耳に届いた。

「早く出ていけ……！」

たわいもないことになぜか激高したオレグに、申し訳ございませんっ、とあわてたように侍女が寝室から走り出てくる。

ニナだ。失礼いたします、と廊下からドアを閉める間際、ちらっと視線が交わる。

リシャールはかすかにうなずいた。

ふぅ…、と肩で大きく息をつき、オレグがソファにすわり直した。

「いかがされましたか？　ずいぶんと…、気が高ぶっていらっしゃるようですが？」

リシャールは小さく首をかしげる。

それにオレグが照れ笑いのようなものを浮かべた。

「いや…、お恥ずかしい。明日の式を前に私の方が緊張しているようでね」

「側近の方はそうでしょうね。カイルは今朝も、ただ無邪気に楽しみにしていたようですが」

微笑んで言ったリシャールの言葉は、つまりそれだけ親密な関係をほのめかしている。

今朝までベッドをともにしていいのだ、と。

オレグがわずかに苦虫を嚙み潰したような顔を見せた。

「あなたには…、殿下との関係についてもはっきりとさせておきたいのですよ。カイル様は明日には国王となられる方。これまでと同じように考えていただいても困りますので」

「カイルとの関係ですか……」

リシャールは小さく鼻で笑う。

「それは私より、カイルに言っていただかないと。明日から私は新王の臣下の立場になりますので、王のご命令であればお断りすることもできませんし？」

なかばからかうように返したリシャールに、オレグがあからさまにむっとした表情を見せた。

オレグにしてみれば、カイルが自分よりリシャールの言うことを聞くようでは困る、というところだろう。もちろん、前王と同じ轍《てつ》を踏ませるわけにもいかない。

男の愛人に溺《おぼ》れて、国を失うようなわけには。

つまりリシャールをまったく信用していない、ということで、リシャールもそれはわかっていた。

リシャールにしても、カイルと比べればオレグの方がずっと手強い。ここで妙な動きに出られてもやっかいだ。

「まぁ…、そうですな。カイル様には自覚を持っていただかないと」

深く息を吸いこみ、オレグが自分を抑えるように低く口にした。

そして思い出したようにリシャールに勧めてくる。

「ああ…、どうぞ、お飲みになってください。うまい酒ですからね」

にっこりと相手を見つめ、リシャールはさらりと返した。

「オレグ様からお先に」

オレグがわずかに目をすがめる。

「まさか、この葡萄酒に毒が入っているとでも思っているのかな？」

やれやれ…、と苦笑して首を振り、オレグが目の前のゴブレットに手を伸ばすと、一気に中の酒を飲み干した。

「ああ…、さすがにうまい」

そして満足そうに大きく息を吐く。

「どうかな？　問題はあるまい。さ、リシャール殿も……」

言いかけたオレグの大きな笑顔が、ふいに硬く凍りついた。そして次の瞬間、両手で喉をかきむしる。一瞬、伸び上がった身体が、足の骨が砕けたように、絨毯《じゅうたん》へ崩れ落ちた。

「申し訳ありません。ゴブレットの方を交換させていただきました」

断末魔のうなり声を上げる男を冷ややかに見つめ、リシャールは言った。

さっき、オレグがニナに気をとられている間に、だ。

「きさ…ま…っ」

カッ、と怒りに大きく目を見開き、もがくようにしてオレグがリシャールに爪を伸ばしてくる。

「用心深い性質《たち》なんですよ」

あらかじめ、器の方に仕込んでいたのだろう。気づかれやすいグラスではなく、陶器のゴブレットを持ってきたあたりで想像はつく。

だからテラスの扉を開けた時、隣室から顔をのぞかせたニナに「気を引け」と命じていた。

リシャールは無造作にオレグのゴブレットを持ち上げると、テラスの端から思いきり放り投げた。

ガシャン…、と遠くでかすかに割れた音がする。

青白くくすんだ顔で息絶えていたオレグの身体は邪魔だったが、……どのみち、この部屋を使うことはもうほとんどない。ただ目障りではある。

いくぶん大きくリシャールが声を上げると、先ほど去ったはずのニナがすぐに部屋へ入ってきた。

「ニナ」

「手伝ってくれ」

無造作に言うと、二人でオレグの身体を引きずって寝室のベッドの下へと押しこんだ。

そして衣装部屋の扉を開けると、壁に背中を預けていたレイモンがまっすぐにリシャールを見つめる。

「申し訳ありません。移動していただきます」

静かにリシャールは言った。そして、ふっとレイモンの顔によぎった緊張の影に微笑んでみせる。

「ああ、大丈夫ですよ。ユリアナ皇女の離宮ですので、ここよりもずっと居心地はいいでしょう」

もちろん、その方が今後、安全でもある。

レイモンも皇女にアーサーの計画を告げることができるから、皇女も準備と覚悟をもってその時が迎えられるだろう。

皇女は昔からの侍女たちしかまわりに置いていなかったし――リシャールがつけたニナ以外は、だ――、今なら各国の使節からの、皇女への結婚の贈り物がたくさん届けられている。長持ちの中へでも入ってもらえれば、離宮に移動することは難しくなさそうだった。フェルマスからの贈り物だと伝えればいい。

「……なぜ？」

少し驚いたように、探るようにレイモンが尋ねた。

「あなたには頼んだことがあったでしょう？」

静かに答えたリシャールに、レイモンがわずかに息をつめる。

そんな二人のやりとりの間にもニナはテキパキと動き、あと二人、配下の兵を呼んでくる。そして衣装部屋の奥から大きな空の衣装箱を引っ張り出すと、中にシーツを何層にも重ねた。

「立てますか？」

尋ねたニナにうなずき、壁に手をついてよろめきながらもレイモンが立ち上がった。そして衣装箱の中へ身体を横たえる。

そしてその上に、ニナがきらびやかな布を広げてレイモンの身体を覆い隠した。

「リシャール……！」

蓋を閉めようとした間際に、レイモンが切羽詰まった声を上げた。

何か聞きたげな、しかし迷うような眼差し。

「お願いします、レイモン。その時には」

その目を見つめ返し、静かに、リシャールはそれだけを言う。

レイモンが言葉を飲み下し、うなずくようにまぶたを閉じた。

頭まですっぽりと布で覆い隠してから、蓋を閉める。

頼む、と伝えると、兵たちが前後の側面についていた持ち手を同時に持ち上げた。

相当に重そうだったが、なんとか運んでもらうしかない。

「ニナ。おまえもこれからあとは皇女のもとへ。皇女が巻きこまれないよう、身を守ってやってくれ」

穏やかに命じたリシャールに、めずらしくニナがすぐに返事をしなかった。

「そのような……、終わり方しかないのでしょうか……？」

代わりにじわりと言葉を押し出す。

リシャールはそっと微笑んだ。

「いいのだよ。私はそれだけのことをしたのだから」

ここにたどり着くために、どれだけの無辜《むこ》の命を犠牲にしてきたか。自分の手がどれだけ血に汚れているか、よくわかっている。

「しかし、それは……！」

ニナがわずかに潤んだ目を見開いて、リシャールを見つめてくる。

「どうしても必要な段階なのだよ。それを越えなければ、アーサーは王にはなれない」

ニナが唇を噛み、息を吸いこんだ。

「私もおまえと同じだよ、ニナ。おまえの一族が我が王家に命を預けてくれているように、私も故国のために命をかける務めがある」

「殿下……！」

こらえきれないように目を閉じて、ギュッとニナが両方の指をきつく組んで握りしめた。

「今まで、ありがとう」

静かに口にすると、リシャールはそっとニナの小さな肩を抱きしめる。

「他の兵たちにも…、私の礼を伝えてほしい」

何も答えず、ニナの身体は小さく震えるだけだった。

「ああ、そうだ。スクルドを頼む。できれば…、アーサーに託せるといいのだが」

身体を離し、思い出したように続けたリシャールに、はい、と小さな声が返る。

「最後までこの国と…、フェルマスを見届けてくれ」

はい、とかすれた声。

「さあ、行って。皇女を頼む」

微笑んだリシャールに、ニナが深く頭を下げる。そしてようやく思い切ったように、部屋を出た。

そっと息をつき、何気なく振り返った窓の外は、血のように赤い夕陽が空を染め上げている。

幼い日、馬車の荷台の上でアーサーと見た夕陽と同じ色だった——。


この夜は、遠方から招いた使節たちの歓迎と式へ参列してもらう礼をこめて、盛大な宴が催された。

リシャールは冒頭のカイルの挨拶のあたりだけ顔を出し、すぐに部屋へと引きとることにしていた。

「……そうだ、リシャール。おまえ、オレグを見なかったか？」

ちらっと話した時、思い出したように聞かれたが、リシャールはさらりと答えた。

「いいえ。明日の準備の最終確認に飛びまわっているのではありませんか？」

「まったく、どこへ行ったんだ、あいつ……」

ぶつぶつと渋い顔をしていたが、さして気にしているようではない。実際カイルも、それどころではないのだろう。

「酒はほどほどにしておいた方がよろしいですよ。花婿が酔っ払いでは様になりませんからね」

リシャールのそんな忠告に、わかっている、と軽く返してきたが、まともに聞くとも思えない。

今夜のカイルはすべてを手にしているのだ。

権力も、栄誉も——未来も。

にぎやかな宴を抜け、部屋にもどって、リシャールは用意させていた湯殿で身体を清めた。

遠く風に乗って聞こえる宴の喧噪《けんそう》と、闇の奥から響く虫の声と、差しこむ月の光。

やわらかな湯が身体をすべる。

自分のやるべきことは……できることは、した。

もうすぐ、すべてが終わる——。

4

アーサーたちが動いたのは、真夜中を過ぎ、宴もたけなわという頃だった。

王宮に潜んでいたノーザンヒールの残党たちが、あちらこちらから少しずつ集結し始める。

各自があらかじめ自分の役割を理解し、忠実に動いていた。

食事に合わせて軽く振る舞われていた祝い酒の中に薬を盛り、宮中警備のロードベルの兵士たちはできるだけ眠らせるようにして、関係のない下働きの者たちは可能な限り用を作って外へ出すようにする。

さすがにカイルも結婚式や戴冠式に合わせての襲撃を警戒しているようだったが、むしろ王都の郊外に集まり始めていたノーザンヒールの「解放軍」と他国の「反乱軍」の、歩調をそろえた動きに焦点をあてていたようで、兵力の多くはそちらへ振り向けていた。

その分、宮中は手薄になる。

あとの動きを確認して、アーサーは宣言した。

「祖国をとりもどす。――火を放てっ！」

自分の王宮に、だ。

初めにその作戦を聞いた時には兵士たちも唖然《あぜん》としていたが、しかし火を出す場所は慎重に計算していた。

人の少ないところ。王宮の中心付近の棟を狙った。

とにかく混乱させることが目的だ。炎はそれだけで人を動揺させる。

最終的な標的はカイルだ。ロードベルの兵を制圧し、カイルを押さえる。

カイルと、そして、リシャールを。

ノーザンヒールにとって、この二人が討つべき象徴になる。

アーサーたちは三手に分かれた。

シルベニウス大佐は、王宮に残っているノーザンヒールの兵士たちの動きを押さえる。そしてルースとアーサーはそれぞれに手勢を連れて、カイルを捕らえる。

庭先や廊下の端で、ロードベルの兵士たちが床へ腰をつけて居眠りしている姿があちこちで見えた。祝い酒に盛られた薬のせいだろう。

アーサーはまず、宴が催されていた広間へと向かい、ジュリアスと落ち合った。

何か異変が起きたらしいことが伝わり始めていたのか、いくぶんざわついた空気だ。しかし酒が入っているせいか、客たちの動きは鈍い。

ただ今夜の決行をあらかじめ知っていただけに、ジュリアスはほとんど酒を口にしていなかった。

「外へ誘導をお願いします。火は奥の宮殿から外へは出さない。離宮や離れた庭なら安全です」

「わかった」

「カイルは？」

そして一番重要なことを尋ねたアーサーに、ジュリアスが顔をしかめた。

「わからない。騒ぎに気づいた時には、あっという間に消えていた」

「さすがに逃げ足は速いようだな…」

アーサーは低くうなる。

だが騒ぎが起これば、カイルにしても自分が狙われているというくらいの判断はするだろう。

一人で先に逃げたか、どこかに身を潜めているのか——。

「すべての門を封鎖して出入りする人間を確認させるよう、大佐に伝えてくれ」

配下の一人を伝令に走らせる。

と、入れ違いのように、年配の侍女が一人、アーサーの顔を認めて走り寄ってきた。

「ああ…、本当にアーサー様が……！」

アーサーもその顔には覚えがある。

「おまえは確か……」

「ユリアナ皇女よりご伝言です」

そうだ。幼少の時からユリアナについている、古参の筆頭女官だった。

何も知らずに、明日の結婚式を覚悟しているユリアナには状況を知らせたかったが、手勢にそれだけの余裕がなく、まだ手配はできていなかった。

だが、どのようにか、いち早くアーサーたちの動きを察したらしい。

「他国からの客人方を離宮にお連れするようにと。皇女がおもてなしをしたいとおっしゃっておられます」

「ユリアナが…？」

その侍女の口上に、アーサーは思わず目を見張った。

アーサーたちが制圧するにせよ、カイルがロードベルの兵で抑えきるにせよ、王宮の中であれば、自分のいる離宮が一番安全だということを、ユリアナは察しているのだろう。

その上で、ノーザンヒールの皇女として、他国の客人たちの身の安全を図るつもりなのだ。

この騒乱の中で、あえて逃げることはせず、客をもてなす。

身の危険を感じさせないように。それだけの余裕を見せる。

それは国を奪い返したのち、他国に対してノーザンヒールの誇りと責任とを示すことにもなる。

アーサーはうなずいて、ジュリアスを振り返った。

「客人を離宮の方へお連れいただけますか？」

「ああ。フェルマスの者たちを動員させよう」

ご案内いたします、と侍女が厳しい表情で先に立つ。

アーサーは数人の手勢を連れて、奥の宮殿へと向かった。

かつて王の寝所や私的な謁見の場、そして玉座の間などがある王宮の中枢だ。

明日の戴冠式の場でもある。

その正面入り口の、ふだん立ち番がいるあたりでもロードベルの兵士たちが重なり合うようにして眠りこんでいた。

「王宮のすべての部屋をあたり、ロードベルの兵を一カ所へ集めろ。寝ている連中もだ。大佐に伝え、使えるノーザンヒールの兵を出させろ」

振り返って、アーサーは配下に指示を出す。

王宮内のノーザンヒールの兵士たちは、誰の指示に従えばいいのかわからず、今ちょうど混乱しているところだろう。だがそもそも、ロードベルの兵士たちに我が物顔でうろつかれ、大きな顔をされていることがおもしろいはずもない。この二年、ずっと不満はくすぶっていたはずだ。

大義もあり、信頼も厚かった大佐が指揮権を握れば、ノーザンヒールの兵士たちを動かすことは難しくない。

そしてアーサーは一人、入り口から中へと足を踏み入れた。

かつて父王の私室があった場所で、当然のようにカイルは、そのもっともいい部屋を専有しているようだった。

火を放ったのはそこに隣接する棟で、宮廷警備の兵士や侍従たちがバタバタと消火に向かっているが、さすがにこちらにもロードベルの兵が何人か残っていたようだ。

足音が響いてくる。

「きさま…、何者だっ!?」

「――どけっ！」

侵入者を見つけ、目の前に立ち塞がったが、それに応えるヒマも惜しんでアーサーは剣を振るい、まっすぐに突っ切っていく。

どうやら近衛兵らしく、つまりこのあたりにカイルがいる可能性が高い。

アーサーがまず向かったのは、リシャールの部屋だった。

二年前と同じ。

違っているのは、自分が剣を振るって行き会った兵たちをたたき伏せていることだ。

「シャール……！」

大きく呼びかけたが人の気配はなく、アーサーは続けて王の――カイルの部屋を足で蹴破る。

だがやはりそこにも、人の姿はなかった。

まるで二年前のあの夜をなぞっているような錯覚に襲われる。

そして次に向かうのは――玉座の間だ。

近づくと、あの時と同じように、扉の隙間から赤々と明かりが灯されているのがわかる。

中からは人の気配も、確かに感じられた。

深く息を吸いこみ、グッと右手の剣を握り直して、アーサーは扉を抜けた――。

5

湯から上がって身支度を調《ととの》えたあと、リシャールは静かにその時を待っていた。

異変を感じたのは、窓の外にちらちらと赤い炎が踊るように見えた時だ。

すぐ隣の棟で、どこかの部屋が燃えている。

「火を放ったのか……?」

予想外の大胆さに思わず声がこぼれ、また面倒なことを、とちょっと眉をよせる。

あとの始末が大変だ。再建にも時間がかかるのに。

そう思ってから、ふっと冷笑してしまう。

その「あと」のことなど、リシャールが考える必要はないのだ。

リシャールはそっとイスから立ち上がると、燭台《しょくだい》を一つだけ持って部屋を出た。

侍女たちはほとんど宴の手伝いへ出ているのだろう。人気のない廊下を抜け、まっすぐに玉座の間へ入る。

明日の戴冠式が行われる——予定だった場所で、その準備も整っていた。床や壁は磨き上げられ、入り口から中央の玉座に向かって赤い絨毯が長く敷かれている。

今は薄暗く静まりかえったその広間の壁に沿って歩き、リシャールはたくさんある燭台の蠟燭《ろうそく》に一つ一つ、火を灯していった。

だんだんと広間は明るく照らし出され、数段高い場所にぽつんと存在する玉座もくっきりと浮かび上がる。

さして華美な装飾はない。大きな石から切り出し、背もたれの部分に国の旗印が刻まれただけの、質実剛健な造りだ。ノーザンヒールの歴史と伝統が刻まれている。

リシャールはその玉座をしばらく眺めた。

自分がすわろうとは思わない。アーサーのための場所だ。

すべてを終えた時、アーサーがここに来ることはわかっていた。

やがて、薄く開いたままだった扉がギシリ…、と音を立てたのに気づき、リシャールは静かにそちらへ顔を向ける。

が、立っていたのは、予想していた男ではなかった。

だが、見覚えはある。

リシャールはわずかに目をすがめた。

「ルース殿下……」

「リシャール……!?」

片手に剣を握ったルースが驚いたような顔で一瞬立ちすくみ、そして意を決したように中へ足を踏み入れる。

リシャールは無意識に視線を落とし、そっと息をついた。

アーサーではなかったか…、と思う。

ここを目指してきたというよりも、カイルか他のロードベルの兵士たち、あるいはそれこそリシャールを探して、行き当たったのかもしれない。

考えていなかったが、当然、あり得ることだった。

ルースに殺されるのか、と思うと、やはり残念な気がした。

だが、それも運命かもしれない。

アーサーの手にかかるほどの値打ちもない、ということだ。

リシャールはかすかに微笑んで顔を上げた。

「おひさしぶりですね、ルース殿下。ずいぶんと…、変わられた」

十八歳になったのだろうか。

覚えているよりもずっと精悍な印象だった。最後に見た時は、まだあどけなさの残る少年だったが、今は身体も引き締まり、しっかりとした青年の顔つきだ。

アーサーと…、似てきたと思う。顔立ちや、体つきも。

温室育ちだった少年を大人にするだけの、いろんな経験をした二年だったのだろう。

抜き身の剣を握ったまま、リシャールの正面で立ち止まったルースが大きく息を吸いこんだ。

リシャールは覚悟を決める。

が、ルースの口から出たのは、思いがけない言葉だった。

「許してください、リシャール。二年前、私は…、あまりにも子供だった」

「ルース殿下……？」

一瞬、リシャールはとまどう。それでも、アーサーが話したのか、とすぐに思い当たった。

彼らの父親がリシャールにしたことを。あるいは……アーサー自身がしたことを。

「何のことです？」

しかしリシャールは肩をすくめた。

「お父上とのことでしたら、あやまられる必要などありませんよ。私も…、楽しんでいたことですから」

薄く笑うように言うと、静かに続ける。

「あなたには私を殺す権利がある。二年前、この場所で…、私はあなたの父君を殺した。私が、この手でね」

さすがにルースがビクッと身体を震わせるようにして、大きく目を見開いた。

「リシャール……」

かすれた声がこぼれ落ちる。

「そうでなければ、あなたは命の危険に怯えながら野をさまよう必要はなかった。王弟として、今頃はこの国を治めるため、兄上の手助けをしていたでしょうね」

リシャールのそんな言葉に、ルースが大きく息を吸いこんだ。

「この二年…、私はいろんなことを学びました。兄からも、他の人々からも」

静かな言葉に、リシャールはことさら高い笑い声を立てた。

「なるほど。よい経験であったのなら、私のしたことも無駄ではなかったわけですね」

ルースがいくぶん混乱したように、わずかに息を呑む。

と、その時、開け放されていた扉から、コソコソと黒い影が中をうかがっているのがリシャールの視界をよぎった。

肩で大きな息をついて、何かに追われるような必死の形相で。

——実際、追われていたのだろう。

カイルだった。

「リシャール…！　これはいったい…っ⁉」

リシャールを見つけたらしい。混乱して声を荒げながら中へ足を踏み入れたカイルが、もう一人の姿に気づいて大きく叫んだ。

「きさま、ルースか…！　いつの間に……⁉」

そして手にしていた剣を大きく振りかぶって、ルースの背後から一直線に斬りかかる。

「クソっ！　死ねぇ…っ！」

「なっ……⁉」

その興奮した声に驚いて向き直り、相手を確認する分、ルースの反応は遅れた。

「殿下……！」

反射的に飛び出したリシャールは、なかば押し倒すようにしてルースをかばう。

「——つっ…、あぁぁぁ……っ！」

次の瞬間、焼けるような痛みが肩を襲った。全身から一気に力が抜け、リシャールの身体はルースを巻きこむようにして床へ崩れ落ちる。

反射的に肩を押さえた手のひらに、ぬるりと血の感触が広がった。

「リシャール…っ！」

あわてて身を起こし、リシャールの身体を助け起こそうとしたルースだったが、近づいてきたカイルの気配にハッと顔を上げる。

とっさに取り落とした剣を拾おうと手を伸ばしたが、カイルの足がわずかに早く、無慈悲にそれを蹴り飛ばした。そして膝立ちになっていたルースの顔を、肘《ひじ》で思いきり殴り飛ばす。

ぐぁ…っ！　と潰れた声がほとばしり、軽々とルースの身体が床を吹っ飛んだ。体格や体重でいえば、まだかなり差がある。

「リシャール……！　これはどういうことだ!?　おまえ……、どういうつもりだっ？」

目の前に立ったカイルが憤怒の表情で見下ろし、片手でリシャールの髪をつかんで無理やりに引きずり起こす。

「おまえがこいつらを引き入れたのかっ!?」

「う…っ…、く……」

ズキッと鋭い痛みが肩から全身に走り抜け、腕を伝って指先からパタパタ…と床まで血が流れ落ちる。

それでもリシャールは男を見上げ、唇だけであざ笑った。

「しょせん…、あなたは王の器ではないということですよ」

「なんだとっ⁉」

カイルがカッと血走った目を見開く。

「おまえ…、裏切ったな⁉　リシャール！」

喉が裂けるような勢いでわめいたカイルに答えたのは、リシャールではなかった。

「いや、リシャールは裏切ってなどいない」

ふいに落ち着いた低い声が耳に届く。

——覚えのある声。

ハッと、リシャールは扉の方を振り返った。

知らず身体が……身体の奥から震えてくる。息が苦しくなる。

薄闇の中から姿を見せたのは、アーサーだった。

ゆっくりと、中へ足を踏み入れる。

「兄上……っ！」

声を上げ、ルースがようやく身体を起こした。

「きさま……」

息を呑み、なかば呆然とつぶやいたカイルが、吠えるように問う。

「どういう意味だっ？」

「裏切ったわけではない。リシャールは初めから、俺のためにすべてを犠牲にしてきた。二年…、いや、七年もの時間も、――身体も」

感情を消したその言葉は、カイルではなく、まっすぐにリシャールを見て放たれた。

「この時のためにだ。俺を、王にするために」

「なに……!?」

カイルが耳元で叫ぶ。

「アーサー・アマディアス・ランドール――俺が、ノーザンヒールの王だ」

その声が、言葉が耳に届いた瞬間、リシャールは思わず息を吸いこんだ。

胸がいっぱいになる。今にも溢れ出しそうなほど。

あの日の真っ赤な夕陽がまぶたをよぎり、目が眩《くら》むようだった。

――もう何も、思い残すことはない。

王となったアーサーの姿を見られたのだから。

リシャールは知らず、微笑んでいた。

「ふざけるなっ！」

しかしカイルはすさまじい怒りとともに吐き出すと、いきなりリシャールの腕をつかんで引き寄せた。

「く……っ！」

傷口が鷲《わし》づかみにされ、鋭い痛みが頭のてっぺんから走り抜ける。

そのリシャールの喉元へ剣を突きつけると、カイルが大きく怒鳴った。

「剣を捨てろっ、アーサー！」

「バカな……」

冷たい刃《やいば》を肌一枚に感じながら、リシャールは冷笑した。

「私が…、前王を殺したのですよ？　あなたもそれを見ていたはず。アーサーが……私を助ける義理などない」

「やかましいっ！　ならばおまえもアーサーも殺すまでだっ！」

しかし硬い表情でゆっくりと近づいてきたアーサーに、カイルは興奮したまま、破れかぶれのようにわめく。

「止まれっ！　剣を捨てろっ！」

わずかにカイルの手に力がこもり、深く入った刃がリシャールの首筋を薄く切り裂く。

つっ…、と血が肌を滴るのがわかった。

アーサーの目がわずかにすがめられる。

「わかった。だから、おまえもその剣を離せ」

静かに口にすると、アーサーは目の前で握っていた剣を無防備に手放した。

ガシャン…、と床に当たって大きな音を立てる。

リシャールは思わず大きく目を見張った。

「アーサー…！」

「兄上っ！」

声を上げたリシャールと、ルースの悲鳴が重なる。

――どうして……⁉

瞬間、心臓が凍りついた。

「アーサー、何を……っ！」

知らず高く叫んでいたリシャールに、アーサーはただ穏やかな表情のまま、リシャールを見つめ返す。

自分が命じておきながら、カイル自身驚いたのか、耳元でわずかに息を呑む。

そして次の瞬間、弾けたように笑い出した。

「ハ…、ハハハハハハ…ッ！　バカが…っ！　だからおまえは甘いんだよ、アーサー！　おまえのような男が王になれるはずはないっ！」

「そうかもしれないな」

嘲笑したカイルに、アーサーは静かに答えただけだった。

「王にふさわしいのはおまえではない。この俺だ！　おまえは反逆者として死ぬのが似合いなんだよっ！」

武器を捨てさせたことで余裕ができたのか、カイルがリシャールから離した剣をアーサーに突きつけ、その刃先で、今度はもてあそぶようにアーサーの頬をたたく。

「まったくご苦労なことだ。わざわざ死にに帰ってくるとはな…！」

しかしアーサーは表情も変えず、ただまっすぐにカイルを見つめた。

「それだけの価値はある」

そして淡々と口にすると、いきなり片手でその剣をつかんだ。

素手のまま、鋭く光る刃を。

「な…っ」

あわてて、カイルが剣を引こうとする。

が、それはビクともしなかった。

「なに…っ？　きさま……！」

ますますあせって、リシャールの身体を突き放し、カイルが渾身の力で剣をとりもどそうと両手で思いきり引き寄せる。

「アーサー…！」

リシャールは瞬きもできずにそれを見た。

無傷のはずはない。刃を握りしめたアーサーの左手からは、じわりと血がにじみ出している。

しかし決して離そうとはせず、グッと歯を食いしばった。

――と、その時だった。

「アーサー！」

低い叫びが響いたかと思うと、扉から飛びこんで来たシルベニウス大佐が、とっさに自分の持っていた剣を放り投げた。

ちらっとそちらを確認したアーサーが、いきなり剣を握っていた手を離す。

「な…っ…、た…っ」

自分が思いきり引いていた反動でわずかに後ろへよろめいたカイルに、アーサーは受け取った剣をつかんだ勢いのまま、まっすぐ突き出した。

その刃先が吸いこまれるように深く、カイルの胸を貫く。

「ぐふ…っ……」

剣を突き刺した状態で、アーサーがさらに強く押すようにすると、濁った声をもらし、驚愕に目を見開いたまま、カイルの身体が背中から床へ倒れた。

数度痙攣《けいれん》してから、やがて動かなくなる。

ふ…、と深い息を吐いたアーサーの手のひらからも、流れ出した血が床へ血だまりを作っていた。

「アーサー、手が……！」

自分が叫んだことにも気づかないまま、リシャールはとっさに服の袖口を破ると、急いでアーサーの左手を止血した。

「バカなことを……」

無意識に低くうめきながら、とにかくきつく縛る。自分の肩も引きつれるように痛かったが、ほとんど意識はまわらなかった。

「シャール……」

と、やわらかな声とともにふいに男の右手がリシャールの頬に触れ、ハッとリシャールは我に返った。

「おまえは大丈夫なのか？」

穏やかな問いとともに、じっとまっすぐな眼差しが見つめてくる。

一瞬、それを見つめ返し、リシャールはようやく我に返った。そっと息を吐く。

アーサーの手を払うと、目を伏せて言葉を押し出した。

「見事だったな、アーサー。これで最後だ。……私を殺せ。それですべてが終わる」

そう、それでようやく、すべてが終わるのだ。

「俺に…、おまえが殺せると思うか？」

ただ静かに聞かれ、泣きそうになりながら、リシャールは笑った。

「おまえらしいな…。だがおまえのお父上が言っていたことは正しい。弱い人間に王は務まらない」

顔を上げ、きっぱりとリシャールは言った。

「私を助けてどうする？　私を殺さなければ誰も納得すまい。誰もおまえを王とは認めないだろう。民も兵も、おまえをここまで支えた者たちも。私の手がどれだけ血で汚れているか、おまえも知っているはずだ。……二年前、目の前でおまえの父を殺したのだからな」

「シャール」

制止するように、いくぶん強い調子でアーサーが名を呼ぶ。

が、かまわずリシャールは続けた。

「前王だけではない。私がどれだけおまえの仲間たちを処刑したか、わかっているだろう。今さら生き恥をさらしたくはない。私を哀れむのなら……、――おまえの手で殺せ」

にらむように言ったリシャールに、アーサーが穏やかに口を開いた。

「すべて……道筋ができていた。二年前…、いや、五年前から、おまえはずっと俺のためその道筋を作ってきた。大佐を左遷したことも、故国であるフェルマスとの関係を絶ったことも。カイルを利用したことも。俺はその上を歩いてきたに過ぎん」

淡々と指摘した言葉に、リシャールは小さく息をつめる。

「二年前、俺が父を退位させようと画策していたことはわかっていたはずだ。その前におまえが動いたのは、俺を父殺しにしないためだろう？ 俺を簒奪者にしないためだ。国に大きな繁栄をもたらした父は、国民からは敬意を受けていた。俺があの時、力ずくで王位を奪ったとしても、民に受け入れられたかは怪しい」

「考えすぎだ」

内心でいくぶん動揺しながらも、リシャールは吐き捨てるように言った。

「どちらでも…、よかった。どう転ぶのかはおまえやカイル次第だった。私はこの国に復讐をしたかっただけだ」

「そうか。ならば、それでいい」

頑なに突っぱねたリシャールに、アーサーは淡々と言った。

「俺は、もう迷わないことにしたんだ」

穏やかな、しかし揺るぎのない言葉に、リシャールは男の顔を見つめてしまう。

「アーサー…？」

何を考えているのかわからなかった。

「二年前、俺が地下牢から逃げる前、おまえは言ったな？　おまえが欲しければ、この国ごと奪い返せばいい、と」

そんな言葉に、ざわっと肌が粟立つ気がした。

「そうしたつもりだ」

アーサーが小さく微笑む。

「おまえが、欲しかったからな」

「まさか……」

混乱して、リシャールが視線をさまよわせた時だった。

「アーサー！」

いくぶん高いトーンで、扉のあたりから男の声が呼んだ。

振り返ったアーサーが、あっ、と小さな声を上げる
「レイモン…、無事だったか……！」

大佐になかば肩を支えられるように、レイモンが立っていた。

まだ傷は治りきっておらず、まともに動ける状態ではないはずだが、それでもじっとしていられなかったようだ。

しかしレイモンがここまで来られたということは、王宮内での大勢《たいせい》は決したのだろう。

ロードベルの兵は制圧され、ノーザンヒールは本当の意味で解放された。

そういえば、遥か遠くから沸き立つような歓声も聞こえてくる。

新しい、正統な王を迎えたノーザンヒールの兵たちだろうか。

「アーサー、大丈夫だ。準備はできている。……いや、頼んだ。俺はこのとおり、まともに動ける状態ではなかったからな。ニナという侍女に手配してもらった」

アーサーにそう言いながら、ちらりとレイモンがリシャールを見る。

「ニナ……？」

思わず、リシャールはつぶやいた。

いったいニナが、レイモンの何の頼みを聞いたのだろう？　そもそも、自分以外の人間の命令を受けることなどないはずなのに。

「そうか」

アーサーが大きく笑みを広げ、ゆっくりとうなずく。

そして、リシャールに向き直った。

「シャール、望み通り、おまえはここで死ぬ」

静かに言ってから、微笑んでつけ足した。

「俺と一緒にな」

意味がわからなかった。

「何をバカな……」

混乱したまま、それでもようやく言葉を押し出す。

「俺も、ここで死ぬんだ」

穏やかな顔で続けた男に、リシャールは声を荒らげた。

「おまえはこの国の王になる男だろう……!?」

「俺はすでにノーザンヒールの王だ」

さらりと返したアーサーに、リシャールは思わず言葉を呑む。

立ち尽くしたリシャールにかまわず、アーサーはスッ…と、ルースに向き直った。

「ルース」

いくぶん固く呼びかけた言葉に、はい、とルースも緊張した表情でうなずいて答え、アーサーの前に立った。

レイモンと一緒に近づいてきた大佐が、落ちていたアーサーの剣を拾い上げて持ち主に差し出した。

うなずいて受け取ったアーサーが、それをルースに向ける。

一瞬、驚いたリシャールだったが、ルースが片膝を床へついて身を屈めた。

その両肩へ、アーサーはゆっくりと剣の先を置く。

——儀式、だった。

「ノーザンヒールの王の名の下に、汝《なんじ》に王位を授ける。ルース、おまえが新たな王だ」

「アーサー…!」

リシャールは思わず声を上げたが、決意を秘めた眼差しで兄を見上げたルースは、はい、と力強く答えた。

そんな弟にアーサーが小さく息をつく。

「……悪いな、ルース。大きな仕事を放り投げてしまった」

「いいえ。兄上は大きな仕事を成し遂げられたのです。ですから、どうかもう自由に…、ご自身の自由に、生きられてください」

その言葉に、アーサーが大きく笑う。

「大人になったものだ」

手を伸ばし、くしゃっとルースの頭を撫でる。

「アーサー！」

混乱と動揺で、たまらずリシャールはアーサーの胸をつかんだ。

「どういうつもりだ、アーサー!?」

まっすぐに顔を上げたアーサーが揺るぎなく言った。

「おまえを奪っていく。ノーザンヒールの王ではない…、世継ぎでもない、ただの男として。おまえが何と言おうとな」

「おまえは……、何を言っているのかわかっているのか……!?」

泣きそうになりながら、リシャールは叫んだ。

「おたがいにあの日の約束は、果たせたはずだ」

しかし淡々と告げられた言葉に、リシャールは息を呑んだ。言葉を失う。

『おまえが…、標《しるべ》になればいい』

あの日、リシャールはアーサーにそう言った。

『おまえの信じる道を進み、……おまえが変えろ』

「俺もおまえも…、この国の表舞台から消える。そのためにレイモンに手筈を頼んだ。おまえと二人で誰にも知られず、ここから抜け出せるよう。そのために…、火をつけた」

リシャールは知らず、大きく目を見開いてアーサーを見つめた。

「どうして……？」

愕然と、自分が発したともわからないまま、かすれた声がすべり落ちた。

どうしてそんな――？

それにアーサーが静かに微笑んだ。

「おまえと…、新しい未来を作るために」

――未来。

その言葉が熱く、胸の奥に沈んでくる。

望んだことなどなかった。初めから、どう転んでも望める立場ではなかった。そう思っていた。

そんなことが……許されるのだろうか？

想像したこともなかった。そんな未来は。

「あ……」

リシャールは呆然とアーサーを見つめることしかできなかった。

知らず、涙が溢れてくる。

「俺は一度、大きな過ちを犯した」

アーサーの手が、そっとリシャールの頬に、うなじに触れる。

ずしり、とその声が耳に、身体の中に重く落ちる。

「違う……、それは……」

むちゃくちゃに首を振りながら崩れ落ちそうになったリシャールの身体を引き寄せ、耳元でアーサーが言った。

「おまえを愛している。……ずっと、愛していた」

パチン…、と何かが身体の中で弾けたようだった。

頭の中が真っ白で、もう何も考えられない。

悲鳴のような声が自分の喉を突き破ったのがわかる。

泣いているのだと、自分では気づかないままに。

「シャール……」

アーサーの腕に深く抱かれたまま、髪を撫でられる。そして強引に顔が起こされて、唇が奪われた。

唇の、舌の感触に、そのほのかな熱に、ざわっ、と全身の肌が震える。

「アーサー……」

無意識に、指が男の胸をつかむ。

離したくないと、身体が訴えるみたいに。

「今度は…、間違わない」

男の声が身体の奥まで届き、大きな腕が力強くリシャールの身体を抱きしめた――。

エピローグ

この日、レイモン・アルバックはメッシナという港町に降り立っていた。

アルプ大陸の西の突端にあるセルベルロンという小国の港だが、モレア海と西の大海が交わる場所であり、海上の要衝として栄えている。

ノーザンヒールのあるニアージュ地方はアルプ大陸の北の一帯だが、大陸を南北に隔てる険しい山脈が連なっており、モレア海沿岸の国々との交易を考えれば、大回りではあるが、時間的にも労力的にも船を使う方が遥かに効率がいい。

北方一帯は山脈と海に阻まれて、他の地域からの侵略の危険が少なかった反面、交流も少なく、経済的にも文化的にも、大陸の大きな流れに取り残されがちだという不利益があった。

傑出した政治力と軍事力でもってノーザンヒールを、そして北方一帯を実効支配していた国王オーガスティンが暗殺されたあとの混乱はしばらく続いたが、五年前に王位を継承したルースは近隣各国との対話を深め、堅実に国を立て直している。

北方一帯は、ノーザンヒールを中心とした、緩やかな連合国家としての道を進み始めていた。

国内も、そして周辺の国家との関係も落ち着いてきて、政治面でも交易の面でもそろそろ外の世界に目を向ける時期であり、現国王の信頼も厚い重臣であるレイモンは、ここ一年の間に二、三度、船で国外を訪れていた。

メッシナはその北方から南の一帯へ足を踏み入れる玄関口になる。

そして今回は、さらに東へ向かう予定だった。

モレア海随一と言われる交易都市パドアを視察し、ノーザンヒールをはじめ、北方の産物がどのように流通しているのか、あるいはどんな交易品に需要があるのか。どんなものを提供すれば、外貨を得られるのか、そんなことを学ぶためだ。

さらには、外交大使としてカラブリアやパトラスの国王にも謁見を求める予定だった。

政治的にも経済的にも、今後のノーザンヒールの発展に関わる大きな役目である。

カラブリアの王宮や市場などにも足を運んだことはあるが、その壮大さや華やかさ、活気、人の多さ、物流の量と多様性――つまり圧倒的な国力には目を見張るしかなかった。

おそらくカラブリアの王からすれば、ノーザンヒールの国王など寒い土地の田舎貴族くらいの存在でしかないのだろう。

これまでどれだけ狭い世界の中で北方の国々が覇を競ってきたのか、考えると虚《むな》しくなるほどだ。

そんな国際社会の中で、ノーザンヒールはこれから一歩ずつ、地位を築いていかなければならない。

「まったく、面倒な仕事を残してくれたよな…、アーサー」

口元に苦笑を浮かべ、レイモンは無意識につぶやく。

アーサーとはもちろん、三年前のあの時から会ってはいない。

死んだ人間なのだ。連絡をとり合うこともなかった。

三年前、オーガスティン国王を暗殺して国を奪ったカイルとリシャールがアーサーの手で倒され、国は正統な王の手にもどった。

が、放たれた火の中でアーサーはリシャールと相打ちとなって倒れた――とされている。

もちろん真実は別にあると、その場にいたレイモンたちは知っていたが。

今はアーサーと二人で、どんな新しい人生を送っているのだろう、と時折、想像するくらいしかできない。

ただ自由に、幸せであればいい。そう思う。

「――レイモン様！　お一人で出られては困りますっ」

ひさしぶりの陸地を足下に感じ、大きく伸びをしていたレイモンの後ろから、若い男があわてて船を下りて走ってきた。

カールというお付きの青年将校だ。一応、旅先でのレイモンの警護についている。

「一人の方が気楽なんだがな…」

が、レイモンは頭を掻きながらあからさまにため息をついた。

「そう身軽なお立場ではないのですよ」

しかめっ面で説教されたが、どう考えてもレイモンの方が剣の技量は高く、戦いの場数も踏んでいる。カールは貴族の三男で、むしろレイモンがお目付役となって社会経験をさせてやっている、というくらいの感覚だ。まあ、先々のために若い連中にも勉強をさせておく、ということである。

実際に、他国との外交ができる若者を育てることも、これからのノーザンヒールには必要なのだ。

「それにしても、大きな港町ですねぇ…」

初めて北方から外へ出たカールは、感嘆したようにあたりを見まわした。

「まだまだ、ここより大きな港はいくらでもあるさ」

笑って返しながらも、レイモンもひっきりなしに船が出入りしている活気のある港を眺めた。

目の前でも、ちょうど一隻《せき》の船が出航しようとしている。

レイモンたちはノーザンヒールの国王が出資した商船に乗せてもらい、港ごとに商売しながらの旅だったが、目の前の船は少し様子が違う。

足の速そうな中型船。巧みに隠されてはいるが砲門をいくつか備えており、軍艦に近い雰囲気だ。

だが、単独での航行のようで、どこかの国の海軍というわけでもなさそうだった。大きな商船の護衛艦なのかもしれない。

「――ほらほら、艦長！　早くしねぇと」

「置いてきますぜーっ」

ジリジリと岸を離れていく船の甲板にもたれた男たちから、陸に向かってにやにやとからかうような声が飛んでいて、艦長を置いていくのか？　とレイモンはあきれるとともに感心する。

さすがは、荒っぽい船乗りたちだ。だがそれだけ自由で、活気に満ちている。

わんっ、わんわんっ！　とさらには力強い犬の鳴き声。

「クソッ…！　ふざけるなよ、おまえらっ」

レイモンの後ろでそれに応えた声も、怒鳴ってはいるが馴染んだ、楽しげな響きだ。

その声に、レイモンはハッとした。

そしてレイモンの背中を大股で風のように走り抜けた男が栈橋を突っ切り、まっすぐに船に向かって海面を飛んだ。

長い髪が風になびく。

――その、後ろ姿。

あっ、とレイモンは声を上げていた。一瞬、呼吸が止まった。

反射的に栈橋まで走り寄ったレイモンの目の前で、男は甲板から投げられたロープをタイミングよくつかみ、勢いのまま一気に甲板まで飛び移っていた。

「うわ、すっごいですね……！」

横でカールが感嘆の声を上げたのも、ほとんど耳に入ってはいなかった。

――あれは……あの後ろ姿は。

覚えているよりも、ずっと髪は長かった。もしかすると、体格もさらに少しよくなったかもしれない。

だが、間違いなかった。

「アーサー！」

思わず、レイモンは叫んでいた。

えっ？　とカールが驚いたような声を上げたが、かまっている余裕はなかった。

距離はかなり離れていたが、その声に引かれるように、ふっと甲板の男がこちらを向く。

目が合って――アーサーが大きな笑みを見せた。高く手を上げる。

そして、ふいに振り返って誰かを呼び寄せ、横に現れたのは……リシャールだった。

こちらは逆に、覚えているよりも髪は短くなっている。

怪訝そうなリシャールの耳元でアーサーが何かをささやき、リシャールの視線がスッとこちらに向く。

驚いたように何度か瞬きをして、そしてふわりと微笑んだ。

やわらかな笑みだった。今までのリシャールでは、見たことのない。

視界の中で次第に遠ざかる二人の姿がぼやけて見えたのは、自分でもわからないまま、涙が溢れていたかららしい。

胸の中が何かでいっぱいだった。

無事だった。二人は国を出て、新しい人生を始めているのだ。

よかった…、と心の底から安堵《あんど》する。

顔が見えなくなるまで、レイモンはずっと二人の姿を追っていた。

アーサーが手を振っているのがわかる。

「あの…、そんなに似てらしたんですか……？」

カールがためらいがちに聞いてくる。

もちろん、カールにとってアーサーは死んだはずの人間だ。そしてレイモンが、かつてアーサーとともに国をとりもどした解放軍の同志であり、側近だったことも知っている。

「ああ…、そうだな……」

かすれた声で、レイモンはようやく答える。

と、我に返って、レイモンは近くを歩いていた船乗りらしい男を呼び止めて尋ねた。

「——あ、すみません！　あの艦はどこの……!?」

どれ？　と額に手をやって遠くの影を眺めた男が、ああ…、とうなずいた。

「さっき出たヤツだと…、白　狼《ヴィトヴァーイ》か。ありゃ、プレヴェーサの艦だ。モレアの海賊だよ」

「海賊……!?」

さらりと言われて、思わずレイモンは目を見張った。

「港町を襲うことはしねぇから、俺たちにとっちゃ、いい客なんだけどよ」

内緒話でもするみたいに声を潜め、にやっと笑って男は去っていく。

「海賊……」

もう一度海を見つめ、レイモンはつぶやいた。

いつの間にか、身体の奥から何かむずがゆいような、大きな笑みがこみ上げていた。

らしい、とも思える。

北方一帯の国々の歴史に、アーサーは英雄として名を残し、リシャールには汚名だけが残った。

だがそんなことは、あの二人には何の意味もないのだろう。

まっさらな未来を、これから二人で作っていくのだ——。

end.

その後。そして、五年後

わんっ！　と高い空に吸いこまれるように大きく吠《ほ》えたスクルドの声で、ようやくリシャールは我に返った。

「驚いたな……」

徐々に離れていく陸《おか》をじっと見つめ、アーサーが無意識のように口にした。桟橋にたたずむ人影が豆粒くらいになっている。すでに顔の見分けはつかない。

「そうだな」

その横に立ったまま、リシャールも短く言葉を落とす。

おたがい無意識に顔を見合わせて、ちょっと笑った。

五年ぶり、だった。

国を出て以来、ノーザンヒールの人間と顔を合わせたのは初めてだ。しかもレイモンに出会えるとは、まったくの予想外だった。アーサーにしてみれば、うれしい驚きだっただろう。

変わりなく、元気そうだった。少し、落ち着きと貫禄《かんろく》が見えただろうか。

アーサーには積もる話もあっただろうに、と思う。国や…、弟や妹たちの様子も聞きたかったはずだ。

「かまわないのか？　今から港にもどっても……」

「また会えるさ」

うかがうように尋ねたリシャールに、アーサーはさらりと答えた。気負いもなく、あたりまえのように。

「ああ…」

リシャールもどこか疼《うず》くような思いでうなずいた。

アーサーを親友や兄弟たちから引き離したのが自分だということは、リシャール自身、よくわかっている。そして、アーサーがそう思っていないこともわかっていた。

申し訳ない思いがくすぶるだけに、アーサーの揺るぎなく未来を見据える眼差《まなざ》しに安心する。

時が来れば、きっとまた会えるだろう。

現国王ルースの側近であるはずのレイモンがこんなところまで派遣されているということは、それだけノーザンヒールの国情も落ち着いて、余裕が出てきたということだ。これからはますます、他国との交易が増える。

ただ、逆に言えば。

「メッシナか…。ここに立ち寄るのは、これからは少し控えた方がいいかもしれないな。レイモンはともかく、誰か他の人間と出くわす可能性がある」

リシャールはわずかに眉をよせてつぶやいた。

メッシナは、セルベルロンというアルプ大陸の西端に突き出した半島に位置する国の港で、モレア海への西の入り口になる。パトラスやカラブリアといった沿岸の大国との交易をする上で、重要な中継地点ということだ。ノーザンヒールなどアルプ大陸の北部に位置する国々からは、陸路で険しい山脈を越えるよりは時間的にも物流の面でも、海を渡る方が遥《はる》かに利点が大きい。

その後。そして、五年後

国が安定すれば、ルースもモレア海沿岸の国々との交流、交易を考えるだろうし、今後はここに寄港するノーザンヒールの船が増えることは十分に予測できる。

「神経質になることはないさ。商船なら、ことさら海賊に近づいてくることはないだろうしな」

苦笑するようにアーサーが言った。

むしろアーサー自身がこの海域で動いていれば、なるべくノーザンヒールの商船を襲わないようにすることもできるわけだ。まあ、「海賊」である以上、依怙贔屓《えこひいき》も選り好みもできないが、それでも船乗りたちの命を奪うことは避けられる。

なにより、故国の新しい情報を耳に入れることができそうだった。今の立場で何ができるわけでもなかったが、やはり気にはなる。

そもそも商人や船乗りたちにアーサーやリシャールの顔を見知っている者はまずいないはずで、死んだと思いこんでいればなおさら、疑われることもない。

「それにおまえもずいぶん顔が変わったから、仮に顔見知りがいたとしても、すれ違ったくらいで気づかれることはないだろう」

そんなアーサーの言葉に、リシャールは小さく首をかしげる。

「変わったか？」

「ああ。肌も少し焼けたし、……そうだな。顔というより、雰囲気かな。印象がずいぶん違う」

「そうかな……」

自分ではわからない。――が。

「そうかもしれないな。ノーザンヒールにいた頃は…、鬼のような顔だっただろうから」

ふと思い出して、自嘲《じちょう》してしまう。

まわりのすべてを欺いて生きていた。どんな大義があったにせよ、多くの人間を処刑してきた。恨みと憎しみを買い、血に汚れた手だ。

無意識に視線を落とし、じっと見つめた手のひらが、ふいに大きな手で優しく包みこまれる。

ハッと顔を上げると、アーサーの穏やかな微笑《ほほえ》みが目の前にあった。

「表情がやわらかくなったよ。いや…、昔にもどったのかもしれないな。ずっと幼かった頃の、凜《りん》としてきれいな」

さらりと口にして、軽く絡めた指を持ち上げ、手の甲にキスが落とされる。

「あ……」

しらふで言うことではない。

答えようがなく、リシャールは思わず視線をそらせてしまった。わずかに頬《ほお》が熱をはらむ。

いったん離れたアーサーの手が、リシャールの頬を軽くたどり、うなじのあたりをそっと撫《な》でる。

そして低く笑った。

「髪も短くなったしな」

やはり少しでも人相を変えた方がいいかと、リシャールは長かった髪をうなじのあたりまでバッサリと切っていた。

「おまえは…、伸びたな、アーサー」

ようやく顔を上げ、リシャールもちょっと笑う。

逆に伸ばし始めたアーサーの髪は肩を覆《おお》うほどで、後ろで無造作にまとめられている。時によっては髭《ひげ》も伸びているくらいだ。

そう、変わったと言えば、アーサーこそ変わったはずだった。リシャール以上に日に焼けた肌は浅黒く、力強さや精悍《せいかん》さも増した。海賊たちと奔放に酒を酌み交わす陽気さと、「海賊」の仕事をこなす大胆さと。

そもそも、正義感の強かったアーサーが海賊になった、ということ自体、大きな変化だろう。

狙《ねら》いをつけ、攻め方を計算し、襲撃する。時には護衛艦を相手にやり合い、蹴散らす。

おそらく、自分たちが拾われたこの「プレヴェーサ」という一族が、海賊としては少し特殊な存在なのかもしれないが、船乗りたちを皆殺しにして奪うというような荒っぽいやり方ではなく、できるだけ損害を少なく捕獲することを考えていた。むろん、その方が手に入る戦利品も多い。

まったく違う世界に飛びこんで、アーサーは日々、新しいことを覚え、生き抜くことを楽しんでいた。

国で罪人として追われていた時もそうだったはずだが、おそらくその時のような重責はない。あの頃のアーサーは、国の未来と、自分を信じてついてきてくれた人々の命を背負っていたのだから。

どんな時にも失わなかった王としての誇りと高潔さは、新しい未来への希望と自信と、屈託のない好奇心や向上心へと変化していた。海賊でも、どんな人間の中へでも、躊躇《ちゅうちょ》なくどしどしと入っていくのだ。

リシャールなどは、やはりこれまで接点のなかった立場の人間には人見知り気味で、用心や猜疑心《さいぎしん》が先に立ってしまうのだが。

アーサーがいなければ、こんな見知らぬ土地では完全に立ち尽くしていたはずだ。

すぐにどんな場にも溶けこんでしまうアーサーは、今では生まれながらの海賊と言われても違和感はない。

レイモンはよく気がついたものだと思う。むしろ、レイモンくらい身近な付き合いでなければわからなかっただろう。

「……で、どっちが好みだ？　髪が長い方と、短い方と」

軽く顔を寄せたアーサーが、耳元でこそっと、からかうような調子でささやく。

「バカ」

知らず頬を熱くして、リシャールはその顔を突き放した。

何事にもあけすけな海賊たちに染まってきたのか、こんな下世話な軽口もたたくようになっている。

「ああ…、なんだ。間に合ったんっすねー、艦長」

と、馴染《なじ》んだ配下の声が耳に届いた。いかにも陽気な、からかうような調子だ。

「置いてけぼりだったら、しばらくみんなで副長を囲んで、じっくり鑑賞できたとこなんですがねえ……」

「なんだと？」

それに、振り返ったアーサーがじろりとにらみつける。

アーサーが船を任され、海賊たちの中で「艦長」と呼ばれるようになって、ようやくひと月ほど。まだまだ新米の艦長と言える。いや、それどころか、海賊としての経験値も十分ではない。それでも一族の統領がアーサーに艦を任せたのは、その指揮能力の高さを買ったからだろう。戦いの場が陸から海へと変わったとしても、判断力や決断力、戦術、そして人の動かし方などは同じだ。やはりどこにいても、人の上に立つ男なのだと思う。

その補佐として、リシャールはともに乗船していた。副長、と呼ばれる立場だ。

リシャールも幼い頃に剣は一通り学んではいたが、さすがに実戦として、海賊たちの中でやり合えるほどではない。彼らの戦いは、兵士たちとは違ってほとんど我流で、まったく型が読めずに対処できないことも多い。

それでも地図を見ることは得意だったし、実際に船に乗って、新しく発見した地形や島を地図に書きこんだり、船乗りたちが経験と勘で身につけている季節や時間ごとの潮流や風なども記録した。他にも戦利品の目録を作ったり、配分を考えたり、航海に必要な物資の準備や補給といった裏方の仕事をした。もちろん艦長の補佐として、獲物を判断したり、戦略を立てたりもする。

艦長になってからも、アーサーはためらいもなく老練の海賊たちの助言を求め、酒を飲みながら昔話に耳を傾け、彼らの経験に学んでいた。

意地や面子《めんつ》にこだわらず教えを請う素直さは他の海賊たちにはないもので、彼らも悪い気はしない。アーサーが受け入れられるのに時間はかからなかった。リシャールについては、アーサーの連れだから、という信頼だったのだろう。

足の速い中型の快速艇を一隻任《せき》されてから、アーサーは主にプレヴェーサの海賊たちの本拠地であるシェルシェル諸島周辺の警戒、およびその海域での「仕事」を担当している。

常に行動をともにする自分たちの関係を、アーサーは当初から隠していなかったし、艦に乗りこんでいる配下たちも周知のことだった。

リシャールとしてはちょっと気恥ずかしかったが、荒っぽい海賊たちの中にすんなりと溶けこんだアーサーと違い、普通に考えれば、宮廷育ちのリシャールなどはとてもやっていけるはずはない。

粗野な男たちのからかいの対象になり、うっかりすると襲われかねなかった。そのあたりも考えて、アーサーが初めから牽制《けんせい》していた、ということだ。

なので、自分の艦の中でも冷やかされることはしょっちゅうだった。いちいち反応してはいけないとわかってはいるのだが、まだうまく受け流せないことも多く、それがよけい配下の海賊たちをおもしろがらせてしまっている。

これまで宮廷の男たちを相手に駆け引きしていたリシャールにとって、海の男たちはまるで別の世界の人間のようだった。ノーザンヒールの宮廷で、身分の高い男たちを手玉にとっていた頃からは考えられない状況だ。

あまりにも違いすぎて、当初はくらくらとめまいがするような毎日だったが、逆にそれがよかったのかもしれない。

過去を――振り返る余裕がなかった。

ただ前を向き、そして横にいるアーサーについていくだけで精いっぱいだった。

「あぁ？　誰の許可があって誰を鑑賞するだと？　おまえら、殺されたいのか？」

いかにもドスのきいた声で、がっしりと腕を組んだアーサーがうなるように言っている。軽口のたぐいだ。

ひゃっひゃっ、とおどけるように男たちが飛び上がり、「さっさと持ち場にもどれ！」とどやされて逃げていく。

スクルドもしっぽを揺らしてから、大海を見張るように船尾の隅にすわりこんだ。

そろそろ老齢にさしかかっているはずだが、彼も船上での生活を楽しんでいるようだ。魚の味も覚えた。

海賊たちと行動をともにするようになって五年足らず。

これほど馴染めるとは思っていなかったが、なによりも過去や出自を詮索されない気楽さが、自分たちには居心地がよかったのだろう。

※　　　　※

あれから五年――。

遠くで兵士たちの叫ぶ声が聞こえている。

怒声なのか歓声なのかもわからない。ただ興奮した、高ぶった声だ。そしてかすかにきな臭く、うっすらと煙も漂っていた。

しかしアーサーは、腕の中でかすかに震えるリシャールの温《ぬく》もりだけを感じていた。

ひさしぶりに……何年ぶりかに触れたその熱に、指先が痺《しび》れるようだった。

ようやく、という感動と安堵《あんど》と、そしてわずかに締めつけるような罪悪感が、やはり胸をよぎる。

だが自分が迷っていては、リシャールはさらに迷うだけだろう。

自らの死をもってしか終われないことを、リシャールは知っていた。

ただこの日の――この瞬間の、自分の死をひたすらに見つめて、これまでリシャールは生きてきたのだ。

ようやく終わるのだと。終われるのだと。

もしかすると、それがリシャールにとってただ一つの救いだったのかもしれない。

だからこそ、リシャールが混乱しているのはわかっていた。放心していた、と言う方が正しいかもしれない。

玉座の置かれた大広間で、カイルの遺体を目の前に。

力の抜けた身体を、ぼんやりとアーサーに預けていた。

「アーサー、急いだ方がいい。そろそろここにも兵たちが押し寄せてくるぞ」

それでも大佐のいくぶん切迫した声に我に返ったのか、ビクッとその身体が震える。反射的に上がった落ち着かない眼差《まなざ》しをまっすぐに見つめ直し、肩を抱く腕にわずかに力をこめてからアーサーはうなずいた。

「ああ、そうだな」

「兄上」

小さく息を呑《の》み、ルースがかすれた声を上げる。

ここで別れだとわかっているのだ。この先のことについては、ずっと慎重に計画してきた。自分の思いも、決意も伝えてある。

身勝手な決断でしかない。

だからそれを受け入れ、許してくれた弟やまわりの者たちには感謝しかなかった。

ルースは潤んだ目で兄を見上げたが、それでもしっかりと言った。

「手筈《てはず》は整っています。兄上の遺体も、……リシャールの遺体も。裏庭の東屋《あずまや》で相打ちということで……、火をかけますから。あとのことはご心配には及びません」

はっきりとしたその言葉に、リシャールが小さく息を呑んだ。

アーサーたちが事前に立てていた計画を、ようやく悟ったのだろう。

王位をとりもどす——。

アーサーにも、その意志はあった。解放軍の旗印となり、先頭に立って戦ってきた。

リシャールの思いを知った時、気持ちは決まったのだ。

――すべて自分のためだった、と思うのは、うぬぼれだろうか？

もちろん国のため、国民のため、でもあるのだろう。故国フェルマスの、そしてノーザンヒールの。

さらに言えば、このニアージュ地方全域の、だ。

だが、すべては自分を王にするためだった。

幼い日の約束のままに。

うれしい、とは思えなかった。むしろ重く、つらい事実だった。もっと他に方法はなかったのかと思う。

だがそれが、リシャールの決めた道だった。

動き始めた歯車がもどることはない。ならば、乗るしかなかった。リシャールが犠牲にした長い時間を、その想《おも》いを、無駄にすることはできない。

ただ自分にできるのは、リシャールの描いた結末を少しだけ、変えることだ。

おそらくそれは、リシャールの意に染まないことだろう。

だが――。

これだけは、我が儘《まま》になろうと思った。無責任で、自分勝手な感情だったとしても。

ルースとレイモンの二人にだけ、リシャールの意図を打ち明けた時、まさか、というのが彼らから出た声だった。

だがリシャールも、計画を進める上で大佐には真実を話しておく必要があった。リシャールがカイルとともに謀反《むほん》を起こした時、外から的確に動いてもらわなければならなかったからだ。アーサーたちを逃がす下準備もある。

アーサーを王に、という共通の認識があったから、大佐にも口止めはしていたようだ。よけいなことを耳に入れると、アーサーの行動が読めなくなる。感情のまま、ヘタに動かれると、すべてが崩れる。

だから大佐も、あの決起を決めた前夜にアーサーが問いただすことがなければ、永遠に口をつぐんだままだったかもしれない。

その大佐の言葉、そしてフェルマス国王の協力とリシャールの計算した通りに状況は流れ、半信半疑のままでも、ルースたちは計画に協力してくれた。

リシャールとともに、アーサーも「死ぬ」ことを。

ここへ来てルースたちもようやく、リシャールの本心を察したのだろう。

「そうだ、リシャール。約束を守らせてくれ」

と、思い出したようにレイモンが口を開いた。

「なんだ？」

首をひねったアーサーに、ああ…、とリシャールがそっと顔を伏せた。無意識のように左手が上がって髪に触れる。

「それとも、必要ないか？」

確認するように続けたレイモンに、リシャールがそっと顔を上げた。

「いえ…、お願いします」

その答えにうなずいて、レイモンが大佐を振り返る。

「大佐、短剣をお持ちならお借りしたいのですが」

「レイモン…!?」

「大丈夫だ」

アーサーは思わず声を上げたが、レイモンが軽く笑って返した。

大佐から短剣を受けとり、近づいてきたレイモンがリシャールの髪にそっと触れる。そして一房だけ、切り落とした。

「ニナに渡しておく。それでいいか？」

穏やかに尋ねたレイモンに、リシャールがうなずいた。

「はい。お願いします」

アーサーは知らず、つめていた息を吐く。

「助けてもらった時、約束してたんだよ」

さらりと言ったレイモンに、アーサーはうなずいた。

どうやらリシャールは、死んだあとも自分の遺体が故国に返されることはないと思っていたようだ。

実際、見せしめに、さらされることもあり得た。

だから、せめて髪の一房だけでも国へ送ってほしい――と頼んだのだ。

生きて王宮を出ることなど想像もしていなかっただろうが、それでも公的には死者となり、いずれにしても国へ帰ることはない。

アーサーは腕を伸ばし、強くレイモンの肩を抱いた。

「あとを…、頼む。ルースの力になってやってくれ」

「ああ、わかっている」

レイモンが何かをこらえるように固く目を閉じて、そっとアーサーの背中をたたき返す。

「アレンダールのコーネリアス殿下との連携を。必ず力になってくれる。そして、フェルマス国王の助力については、兵にも国民にも周知されるよう務めてくれ。俺が多大な恩を感じていると。陛下のお力がなければ、この計画はなし得なかった」

フェルマスの名が出た瞬間、リシャールの身体がわずかに身じろぐ。

自分が罪人として惨殺されることはわかっていたから、その累が故国へ及ぶことを、リシャールは何よりも心配していたのだろう。だからこそフェルマスと縁を切り、あえて粗雑な扱いをしてきた。

だが、アーサーたちが国をとりもどすために、フェルマス国王の果たした役割が大きかったと知れば――フェルマスだけがアーサーの味方についたのだとわかれば、あとあとノーザンヒールとフェルマスとの関係は良好に保てる。

幼い日にリシャールが望んだ通り、対等なものとなれるのだ。

「兄上」

ルースがまっすぐに顔を上げて呼びかけた。

「ルース、大丈夫だ。おまえなら正しい王になれる」

弟に向き直ったアーサーは、穏やかに、力強く言った。

「はい。兄上の、ノーザンヒール国王、アーサー・アマディアス・ランドールの名に恥じぬよう、力を尽くします。兄上からの教えは、決して忘れません」

まだ若い王の、決意が見えるまっすぐな声だった。

「妹たちを頼む」

「はい」

瞬《まばた》きもせずに見上げるルースの目から、今にも涙が溢《あふ》れそうになっていた。

「名残を惜しんでいるヒマはないぞ。急げ！」

扉のところで廊下の方へちらりと目をやり、大佐が声を上げる。

遠くからは悲鳴や歓声、叫び声が入り乱れて響き、王宮の数カ所で上がった火の始末に追われている者もいるだろう。まだ混乱の中にいるノーザンヒールの兵たちも多く、統制がとりきれていないはずだ。大佐が部下たちに命じてできるだけ止めているようだが、それでもまもなく、この広間にも興奮した兵たちが迫ってくる。

「シャール、行くぞ」

グッと強く腕をつかむと、リシャールが硬い表情で小さく身震いした。

「アーサー、私は……」

かすれた声がリシャールの口からこぼれる。足が動かないようだった。

混乱と迷いが見える。当然だった。

もう何年も前から、この瞬間の死だけを見つめて生きてきたのだ。たった一人で。

自分が生き延びるということは、同時にアーサーから王位を奪うということだ。

こんな状況は想定しておらず、どうしたらいいのかわからないのだろう。

「シャール、俺はもう迷わないと言ったはずだ」

リシャールを見つめたまま、アーサーはきっぱりと言った。

「ダメだ！　そんなことは……っ」

「一生、俺に負い目を背負わせたいか？」

こらえきれないように顔を背けたリシャールに、アーサーはあえて冷たく口にする。

ハッとリシャールが息を吞んで顔を上げた。アーサーの穏やかな表情を見て、ああ…、と小さな息をこぼす。

「そんな言い方は……、卑怯《ひきょう》だ」

震える声でようやく言葉を絞り出した。

「なんとでも言え。おまえを手に入れるためならどんな方法でも使うさ」

ちらっと笑って言ったアーサーだったが、内心では少し、安堵していた。

リシャールを死なせたくなかった。死なせるつもりもなかった。だが、自分への思いを見誤っている可能性はあった。

自分を憎んでいてもいい。無理やりにも連れ出す意志は固めていたが、……多分、嫌われてはいない。

きっと、同じ思いだ。

「行こう」

腕を引いたアーサーに、リシャールが小さくうなずいた。涙がパタパタと床へ落ちる。

「――兄上！　どうか…、どうかお元気で！」

歩き出した背中に、ルースが大きく叫ぶ。

「おまえもな」

振り返ったアーサーは静かに微笑んだ。レイモンはただじっとアーサーを見つめ返しただけだった。

「こっちだ」

薄暗い中、大佐が小走りに先導してくれる。

強く、決して離さないようにリシャールの手を握ったまま王宮を抜けて外へ出ると、空気に焦げ臭い匂いが混じっているのがわかる。

「ユリアナ皇女がしっかりとノーザンヒールの兵をまとめ、客人たちの安全も守ってくださっているようですよ」

「ああ…、頼りになるな。きっとルースの力になってくれる」

大佐の言葉に、アーサーは無意識に離宮の方を眺めた。

会うことはできないままだった。それでも、ルースから無事に生き延びていることは聞くだろう。

大勢《たいせい》が決し、ノーザンヒールの兵たちも総出で消火にあたっているようで、裏庭のあたりに人気《ひとけ》はない。厩舎《きゅうしゃ》のあたりまで一気に走り抜けた。

気配に気がついたのか、闇の中で影が動く。馬のいななきもかすかに耳に届いた。

「ニナ……」

誘導するようにぼんやりとした明かりが持ち上げられ、浮かんだ姿に驚いたようにリシャールがつぶやく。

二頭の馬がつながれた馬車の横に、侍女《じじょ》らしい女が立っていた。レイモンが言っていた、リシャールの側近だろう。

「殿下、お早く。レイモン殿に代わって、私がお送りいたします」

「頼む」

ちらっとアーサーを見てテキパキと言った女にうなずいて、アーサーはリシャールを先に馬車へと押しこむ。

「アーサー様。いつかまた、お会いしましょう」

大佐が手を伸ばし、アーサーは強くそれを握り返した。

「ああ、必ず」

アーサーが乗りこんだあと、大佐が馬車の扉を閉めようとした時、ふいに夜気をつくように甲高《かんだか》い犬の鳴き声が聞こえてきた。激しく吠える声とともに、草を蹴る躍動的な足音も耳に届く。

あっ、とリシャールがわずかに腰を浮かせる。スクルドだ、とアーサーもすぐにわかった。

「スクルド、来いっ！」

大きく呼びかけると、暗闇の中から一直線に走ってきたスクルドがその勢いのまま馬車に飛びこんだ。大きな身体がリシャールの膝にじゃれつく。

「スクルド…」

リシャールがようやく表情を和らげ、スクルドをしっかりと抱きしめた。

「お元気で。……リシャール様、あなたとの約束を守れず、申し訳なかった」

そんな詫《わ》びの言葉とは裏腹に、大佐の表情はどこか楽しげで。

「ありがとう……ございました」

ハッと顔を上げたリシャールが、押し出すように口にした。

約束というのは、リシャールの思惑をアーサーには黙っていること、だろうか。

大佐は自分が左遷されることも含めて、あらかじめリシャールとは先の動きを打ち合わせていたのだ。

微笑んでうなずいた大佐が扉を閉じ、ニナが手綱を握っているのだろう、馬車が走り出した。

動き出した——動き出してしまったその事実に、リシャールが何かこらえきれないように顔を上げてアーサーを見つめる。唇が小さく動いたが、言葉にならないようだった。

アーサーはそっと、指先でその口を塞《ふさ》ぐ。

「今まではおまえの書いた筋書き通りに進んできた。これからは俺の番だ」

静かに言ったアーサーに、リシャールが目を見張る。

「シャール」

アーサーは膝の上で小さく震えている手を握った。

瞬きもせずにアーサーを見つめていたリシャールが、吐息とともにつぶやいた。

「信じられない男だな……」

少しあきれたような、どこか昔を思わせる馴染んだ口調だった。

「それは俺のセリフだ」

胸の奥が疼くような思いで、小さく笑ってアーサーも返す。そして言った。

「ずっと一人にしてすまなかった」

ともに歩もう――、と、そう約束したはずなのに。

「おまえは…、私の期待を裏切ってばかりだな……」

辛辣《しんらつ》な、だが、やわらかな声。

「おまえに、王になってほしかった」

目を閉じて、リシャールが淡々と言った。

「一度はなったさ。自分のやるべき仕事はした」

ルースにあとを託すことに不安もない。

「俺たちは…、なかなかたいしたことをしたと思うがな？」

どこか軽口のように言ったアーサーは、さらりと続けた。

「また、新しい約束をしよう」

これからの、未来の約束を。

リシャールが何かをこらえるようにわずかに息をつめる。

夜の闇を突き抜けて、馬車は走り続けた。

アーサーはリシャールの手を強く握り直した。

二度と、離さない。

二度と間違わない——。

◇　　◇

馬車は夜通し走り続け、夜が明ける頃、ようやく停まったようだった。

何年間も長く張り詰めていた糸が切れたせいか、いつの間にかアーサーにもたれるようにして少しうとうとしていたリシャールは、ふっと意識をとりもどす。

なにか、夢を見ているようだった。

長い、とても長い夢を。

いつから夢の中にいたのかもわからない。

今、自分が存在しているのが現実なのか、夢の中なのかも、一瞬、見失いそうになる。

それでも自分の身体を抱きしめたままのアーサーの腕の力に、ようやく実感する。

すべて終わったのだ——、と。

リシャールの中は空っぽだった。

だがそれは、どこか心地よい浮遊感があった。

どこへ向かっているのかも知らなかった。小さな窓の外には朝靄《あさもや》が立ちこめ、あたりの景色もわからない。

「大丈夫だ」

とまどった様子のリシャールを落ち着かせるように、アーサーが穏やかに口を開く。

と、馬車の扉が開き、肌寒い朝の空気が一気に入りこんできて、リシャールはわずかに身震いした。

それでも馬車の中に用意されていた大きなマントを頭から被《かぶ》り、アーサーに続いて外へ足を踏み出す。

「あ……」

やはりまわりの様子はわからないものの、強い潮の香りを感じて小さく声がこぼれる。

――海、だ。

「商船に乗れるように、話はついているとのことです。夜明けとともに出港しますので、お急ぎを」

ニナにうながされ、しっかりとアーサーに肩を抱かれたまま前へ進むと、冷たく白い靄の向こうに徐々に活気のある男たちの声が聞こえてくる。

「おいっ！　急げよっ」

「荷物、積み終わったのかっ!?」

「ぼやぼやしてんなっ！」

リシャールなどは一瞬、ビクッとするような荒々しさだが、ちらっと見上げたアーサーの横顔はワクワクとした好奇心に溢れていた。

ふっと子供の頃の表情と重なって、リシャールは知らず微笑んでしまった。肩の力が抜け、どこか安心する。

と、白い視界が開け、いきなり目の前に大きな船が現れた。そして出港準備だろう、船乗りたちが声高に叫びながら桟橋を行き来している姿が見える。

少し先に進んだニナが、船乗りというより商人らしい男と何やら短く話をし、連れだってもどってきた。

「あぁ…、あんたらか。シルベニウス大佐から話は聞いてるよ。あの方には昔、命を助けてもらってね。間違いなく、セルベルロンまでお連れする」

気さくな様子で手を伸ばした男に、よろしく、とアーサーも握手を返した。

この物言いからすると、こちらの素性は教えていないのだろう。当然だ。

「すぐに出航する。乗りこんでてくれ。またあとでな」

顎《あご》で船を指してそれだけを言うと、男はせかせかと準備にもどった。

リシャールはぼんやりと船を見上げ、聞くともなく聞こえる騒がしい男たちの声の中、少し放心してしまっていた。

船……船に乗るのか、とようやく理解する。

ノーザンヒールを離れるのだ、と。

ひっそりと田舎で隠れ住むよりは、見知らぬ異国で自由に生きる方が、確かにアーサーには似合っている。なにより自分が生きていることが知れれば、罪人として追われる身になるのだ。

「行こう」

そっとアーサーにうながされ、リシャールは小さくうなずく。

「殿下、ご多幸を」

まっすぐに背筋を伸ばしたニナが、静かに口を開く。

「リシャール様が無事に旅立たれたことを陛下や王妃様にご報告できますのは、これ以上ない喜びです」

いつもと同じ、落ち着いた表情だった。それでも、必死に何かを抑えているような声だ。

ほんの幼い頃に別れたきりの両親に、せめてもう一度、会いたかったと思わないわけではない。成長した姿を見せることさえ、できなかった。

それでも、かつての王太子としてやるべき務めは果たしたのだ、という達成感はあった。

「今回の政変には、フェルマスの国王陛下の協力が不可欠だった。ルースもそれは十二分に理解している。フェルマスとノーザンヒールとは、強固な同盟関係を築けるだろう。かつて…、ノーザンヒールが奪ったニブルーの地も返還されるはずだ」

アーサーがニナに、というよりは、リシャールを安心させるように言う。

カイルの故国であるロードベルと並んで、リシャールの故国であるフェルマスも他の同盟国からは誹《そし》りを受ける可能性はあった。が、フェルマスが今度の政変で大きな役割を果たしたことで、すでに故国との縁を切っていた形のリシャールは独断で動いていたという証左になる。

とはいえ――。

「私のせいで、王家やフェルマスの国民には恥辱を与えたことだろう。申し訳なく思う」

リシャールはわずかに目を伏せた。

自国の王となるはずだった皇子が前ノーザンヒール国王の愛人となり、故国を捨て、カイルと結託してノーザンヒールを牛耳ろうと残虐な恐怖政治を敷いた。目を覆いたくなるような浅ましい姿だ。

リシャールの存在自体、なかったことにしてしまいたいくらいのはずだった。

「いずれ真実がわかる時が来るはずです。誰もが殿下を誇りに思うでしょう」

「必要ないよ」

わずかに力をこめて言ったニナに、リシャールはさらりと答えた。

自分の名など、歴史に埋もれていいのだ。

そして、小さく微笑む。

「ニナ、おまえもようやく国へ帰れるな。……長い間、本当にご苦労だった」

「殿下…」

思いをこめたねぎらいの言葉に、ぎゅっと前で組んだニナの指に力が入ったのがわかる。

「どうか…、お健やかに」

めずらしく震えた声で、ニナがつぶやくように口にする。

「おまえもな。ありがとう」

静かにそれだけ伝えると、アーサーにうながされて船へと乗りこんだ。

まばゆい朝陽の中、ゆっくりと、にぎやかな船乗りたちの声とともに船が桟橋を離れていく。

陸地がだんだんと遠くなり、見えなくなるまで、アーサーと二人、言葉もなくじっとノーザンヒールの地を見つめていた。故国フェルマスは懐かしいが、しかしリシャールにとっても、その故国以上の時を過ごしてきた国だった。

「俺が、フェルマスからおまえという世継ぎを奪ったんだな……」

視界が一面、真っ青な海だけになって、アーサーがぽつりとつぶやく。

そっとリシャールは首を振った。

自分の国のために、自分のできることをしただけだ。それに――。

「私がおまえという王を、ノーザンヒールから奪ったとも言える」

あのまま国に残れば、歴史に名を残す王になったはずだった。いや、今でもすでに、その条件は整っている。

「私が思っていたより、おまえはバカな男だったんだな……」

どこか悔しく、腹立たしく、申し訳なく、そしてじわりとうれしい思いが、そんな言葉になってリシャールの口からこぼれた。

自分はもう、死者と同じだった。何も失うものなどない。すべてを捨てることなど、なんでもない。

だがアーサーは違う。歴史に名を残す王となり、安寧と繁栄へと民を導く。その資格も能力も十分にある。

これまでの長い苦労が報われ、これから栄光と名声と幸せを手にする権利があるはずなのに。

「バカでかまわないさ。俺の評価がそこまで地に堕《お》ちているのなら、これからは上がるしかない」

アーサーが不敵に笑った。

リシャールが知っている男には似合わないような、しかしその知らない表情にドキリとする。

アーサーは変わったのだ。自分の知らないところで。

昔よりもずっと大きく、たくましく、精悍に。

ふっと――それを知りたいと思った。

自分の知らないアーサーを。自由に、これからさらに力強く生きていく男の姿を。

「自分でもこんな未来があるとは思わなかった。こんな自由を得られるとはな」

アーサーがどこか吹っ切ったようなすがすがしい表情で息をつき、ようやく白《しら》み始めた空に向かっていっぱいに腕を伸ばした。

これからもずっと、この男を見ていられるのだろうか？　すぐそばで。

そばにいて、いいのだろうか……？

そう思うだけで胸がいっぱいになる。

リシャール自身、考えたこともなかった。望むことさえ、許されないと思っていた。

「一つだけ、おまえに頼みがある」

アーサーが静かに向き直った。さらりとした何気ない口調で、しかしその眼差しはまっすぐにリシャールを見つめてくる。

「なんだ？」

「おまえから、望んでほしい。次の…、最初の一度だけは」

わずかに首をかしげたリシャールに、アーサーが言った。

「何を……？」

しかし言われた意味がすぐにはわからず、リシャールはとまどってしまう。

と、ふいに大きく腕を伸ばしてきたアーサーが、リシャールの身体《からだ》を強く抱きしめた。

「アーサー…？」

すぐ近くではなかったが、甲板には船乗りたちが行き来しており、見慣れない「客」であるリシャールたちをちらちらと横目で見ている者も多い。

さすがにあせってリシャールは反射的に押しのけようとしたが、アーサーの腕はさらに強くリシャールの身体を引き寄せた。

「むろん、一度と言わず、いつでもおまえから望んでくれるのはうれしいが」

「あ……」

喉《のど》で笑うように、耳元でアーサーが密やかに続けた。

意識的に身体の中心を密着させ、強くこすりつけるようにされて、ようやくアーサーの言った意味を理解する。カッ…、と頬が熱くなり、どうしようもなくリシャールはうろたえた。

「だがこの船の中じゃ、さすがにな…」

ささやくように続けられ、リシャールはとっさに視線をそらせていた。

「あの時も…、そうだったはずだ」

無意識にぎゅっと自分の腕を握りしめ、リシャールはようやく言葉を押し出す。

「あの時も、私から望んだのだ」

生涯に一度だけでいい。この男の腕に抱かれたい、と。どんな状況であっても。

だから、アーサーが気に病むようなことは何もない。

「だとしても、俺は間違えた」

アーサーは淡々と続けた。

「やり直せるとは思わない。だが…、自分を許していいのなら、おまえから求めてほしい。おまえがいいと思った時に」

穏やかな口調の中に、押し詰めたような熱を感じる。リシャールは男の顔を見られないままにうなずいた。

「……わかった」

ひどく恥ずかしい気がした。

と同時に、鋭く胸が痛んだ。

自分のしたことが——させたことが、どれだけアーサーの傷になっているのか。

男たちに好きなようにもてあそばれ、淫《みだ》らに感じて悦《よろこ》ぶような、そんな……求めてもらえる価値もない身体のために。

この商船の目的地であるメッシナという港までは、二十日ほどの航海だった。

船の中では、やはり狭い中、ただ寄り添って過ごした。船長の客人という扱いで小さな一室が与えられ、特に不自由はなかったが、それでも荒くれ者の船乗りたちからはよくちょっかいを出されていた。特にリシャールは、だ。

女っ気のない船の中では、格好の標的だったのだろう。卑猥《ひわい》な言葉を投げかけられたり、実際に酔っぱらった男たちに力尽くで襲われそうになったことも何度かあった。

だがその都度、アーサーは相手の男を殴り倒し、乱闘になり、酒の飲み比べになり、いつの間にか飲み仲間になって、船を下りる頃にはすっかり馴染んでいた。

客ではあったが船乗りたちの仕事も進んで手伝い、帆の動かし方や操舵《そうだ》の技術なども熱心に学んでいて、船上での生活を楽しんでいたようだ。

王宮で見ていたアーサーとはまるで違っていて、新鮮な驚きと感心を覚えてしまう。長い逃亡生活の賜物《たまもの》なのか、小さい頃から王宮を抜け出して外で遊んでいた成果なのか、順応力が高い。

そして自然とまわりもアーサーを受け入れ、その言葉に耳を貸し、真摯《しんし》に助言し、判断に従うようになっているのがさすがだった。為政者としての素質が、やはりもったいないな、と思ってしまう。

申し訳ないと思う反面、これほど自由で楽しそうな姿は王宮では見られないのだろう。

メッシナで船を降り、船乗りたちに別れを告げた時には、誰もがアーサーとの名残を惜しんでいた。

そして初めての街は、右も左もわからないままに何もかもがものめずらしく、半日ほども市場や街中を散策してから宿をとった。

王宮を抜け出した時、港までの馬車の中に一通りの旅支度と十分な金は用意されており、当面の心配はない。

この先、どこへ行くのか、どうやって生きていくのか――を考える必要もあったが、しばらくは街に……北方とは違う暖かい南の空気に慣れることが第一だった。

幼い頃からの教育のおかげで、アーサーもリシャールも言葉に不自由はしなかったが、食べ物も飲み物も、初めて口にするようなものが多い。視界に入る建物や人々の服装なども違う。

高台にある宿の、街を一望できる部屋で二人きりになり、ようやくほっと一息ついた。

生きて、こんな異国の地にいることが信じられず、リシャールは窓辺にたたずんで夕焼けに染まる街並みをぼんやりと眺めていた。

港のあたりはまだまだにぎやかで、……いや、夜が更けるほどに酒場のあたりは活気づくのだろう。喧噪《けんそう》が上まで届いてくる。

だが海に沈む真っ赤な夕陽《ゆうひ》は、ノーザンヒールで見ていたものと同じだった。海も空も、ずっと遠い故国まで続いているのだと実感する。

「シャール……、エリー」

名前を呼び直し、アーサーが背中から近づいてきた。

船の上で、アーサーはずっとリシャールのことは「エリー」と呼んでいた。幼い頃の呼び方にもどしたのは、やはり素性を悟られないためだろう。

北方の国々の中で、「リシャール」は忌まわしい名として人々の記憶に残っている。アーサーの呼び方は変えていなかったが、比較的多くある名前だ。とりわけノーザンヒールでは、皇子にあやかって息子につけた親も多いだろう。

大きな腕がふわりと背中からまわり、すっぽりとリシャールの身体を抱きしめる。指先でそっとうなじの髪がかき分けられ、唇が押し当てられて、ビクッと身体が震えてしまう。

アーサーの意図は明らかだった。

「私が……、いいと思った時でよいのだろう？」

頑《かたく》なに振り向かないまま、リシャールは無意識に身を固くしながらも、平静なふりで言葉を押し出す。

「もちろん、そうだ。おまえの許しを待つつもりだ」

そう言いながらも腰に腕がまわされ、強く引き寄せられる。

わずかに体勢を崩し、思わず振り返ったリシャールは、まともにアーサーと目が合ってしまう。

何か言いたげに見つめる眼差しに、とっさに視線をそらせた。

「……そんなにもの欲しそうな顔をするな」

「そうか？」

うめいたリシャールにとぼけたような声が返って、リシャールは妙に悔しくて横目でにらむ。

そんな顔で見られたら、これ以上、リシャールも先延ばしにはできなかった。

嫌なわけではない。もちろん。……ただ、恐《こわ》いだけだ。

うれしくて……恐い。

それでもそっと息を吐き出し、リシャールはゆっくりとアーサーに向き直る。

「おまえに…、抱いてほしい」

震えそうになる声を必死に抑え、リシャールはようやく口にした。

夕陽に照らされて、アーサーの顔が影になっているのが救いだった。

その影がそっと、すぐそばまで近づいてくるのがわかる。

「エリー…、触れて……いいか？」

アーサーのかすれた声が耳に届き、温かい手のひらに頰が包みこまれる。

リシャールは思わず目を閉じた。

「おまえに触れる資格が……、おまえを愛する資格が、俺にあるか？」

それはそのまま、リシャールのセリフだった。

「アーサー…」

知らず涙がこぼれ落ちる。

「エリー、愛している。ずっと…、愛していた」

耳元でささやかれたその言葉に、ぎゅっと胸がつまる。

頰がそっと撫でられ、そして、唇にやわらかな熱が触れた。

びくっと反射的に身体が逃げる。しかしうなじの髪を指に絡めたまま、アーサーの手が強く引きもどした。

「ん…っ…」

熱い舌先が唇をなぞり、隙間《すきま》を割って中へ入りこんでくる。とっさに逃げようとしたリシャールの舌が絡めとられ、きつく吸い上げられる。

いつの間にか、無意識に伸びたリシャールの指がアーサーの背中に爪を立てた。

「エリー…」

わずかに息を継いだ合間にアーサーがかすれた声でささやき、さらに何度も、貪るように唇が奪われた。密やかに濡れた音が届き、窓の外の喧噪が次第に耳の奥から消えていく。

ただ、おたがいの息づかいだけ。

夢中で口づけに応えていたリシャールの身体がふいに力強く持ち上げられたかと思うと、すぐ横の赤く染まったシーツの上へ押し倒された。

あっ…、と思わず息を呑み、リシャールは目を開いた。

目の前で、アーサーが無造作に服を脱ぎ捨てていく。目が合って、とっさに視線をそらせてしまった。差しこむ夕陽のせいでなく、頬が赤くなる。

ぎしり、とベッドが軋《きし》み、アーサーが近づいてきた。たくましい腕が伸び、そっと抱きしめられたリシャールの身体が小さく震えてしまう。

「恐いのか……?」

優しく聞かれて、リシャールはかすれた笑い声をこぼしていた。

「おかしいだろう…?　今までどれだけ…、何人も相手にしてきた。必要ならどんな男とも寝てきた。カイルやノーザンヒールの将軍や、王の警護兵や…、おまえの父親とも」

挑戦的にアーサーを見つめてしまう。本当にいいのか?　——と。

「慣れているはずなのにな……」

「エリー」

アーサーの手がそっとリシャールの手を握り、シーツへ縫いとめるようにして、上から身体を重ねてくる。

「おまえが欲しい」

静かに落とされたその言葉が、肌に沁みこんでくる。

「これからは……、俺だけのものだ。全部…、おまえの身体も、心も」

何か…、熱いもので胸がいっぱいになって、今にも弾けそうだった。

涙に濡れたリシャールの顔が押さえこまれ、また唇が奪われる。何度もキスを繰り返しながら、アーサーの手がいくぶん性急にリシャールの服を脱がしていった。

大きな手のひらが確かめるようにリシャールの肌をたどりながら、唇が喉元へすべり、胸へと落ちていく。頬をこすりつけ、味わうように舌を這《は》わせる。

「アーサー…っ」

その感触に身体をしならせながら、リシャールは夢中で男の髪に指を絡めた。

ゾクゾクと、身体の芯《しん》から甘い痺れが湧《わ》き上がってくる。

十六の時から快感を教えこまれた身体だった。だが今までに感じたことのない甘く狂おしい波が、熱く身体の中に押し寄せる。体中のどこに触れられても、過敏なほどに反応してしまう。

「あぁっ、あぁ…っ、——アーサー…っ、ダメだ…、こんな……」

愛撫《あいぶ》の手が肌をなぞるたび、どうしようもなく身を震わせながら、リシャールは嬌声《きょうせい》を上げた。

しかしかまわず、アーサーの手はリシャールの脇腹を撫で、足のつけ根から内腿《うちもも》をたどって中心へと伸びていく。

きわどい部分が丹念になぞられ、全身を走る震えとともにいやらしく身体がくねった。

早くも自分のモノが形を変え、触れられてもいないのに先端から蜜《みつ》が滴っているのがわかる。恥ずかしく、情けなくて涙が止まらない。

とっさに片手で自分の中心を隠そうとしたが、それを払いのけるようにしてアーサーが片方の足を高く持ち上げた。

「あぁぁぁ…っ、ダメ……っ！」

その足に舌が這わされ、だんだんと中心へ近づいてくる気配に、たまらず高い声が迸《ほとばし》る。やわらかな内腿を軽く噛《か》まれた瞬間、とくっ…、と淫らに先端から蜜が滴り落ちた。

「アーサー…っ、アーサー、離せ……っ」

今すぐ消えてなくなりたいほどの惨めさに、リシャールはたまらず両腕で顔を覆う。

その手を、アーサーが強引に引き剥《は》がした。

「俺では悦ばせてやれないか？」

頭上から低い声で聞かれ、リシャールは思わず目を見開いた。思いきり首を振る。

「ちが…っ、違う……っ！」

あせった様子のリシャールに、アーサーが小さく笑った。

「だったら…、思いきり感じればいい」

そのまま片手がリシャールの中心を握りこみ、手の中でこすり上げられる。

無骨な指が根元から先端までを絞るようにしごき、淫らに濡れた先端を指の腹で揉《も》むようにいじる。

「う…っん…っ、ふ…、あ…っ、あぁっ……、あぁぁ……っ」

腰の奥から疼くような快感が湧き上がり、全身へ広がっていく。

「あぁぁっ…、いい……！」

たまらずリシャールは男の肩にしがみついて、自分から腰をこすりつけるようにして悶《もだ》えた。

「もう…っ、あぁっ、もう……、アーサー……っ！」

そのままガクガクと腰を揺すり、うながされるままリシャールは達してしまう。

「きれいだな…」

そんな無防備な、恥ずかしい顔がじっと見つめられているのがわかり、羞恥でまぶたを持ち上げることができなかった。

ぐったりとシーツへ落ちたリシャールの頬が優しく撫でられ、出したものを受けとめた男の指がそっと奥を探っていく。一番奥の窄《すぼ》まりに触れた男の指が硬く閉じた襞《ひだ》を軽くなぞり、なかば放心状態で荒い息を整えていたリシャールはようやくそれに気づいて、あっと腰を跳ね上げた。

しかし逆に無防備になった下肢が男の手につかまれ、大きく広げられる。

「アーサー…っ、やめ…っ…、――あぁぁ……っ」

とっさに腰を逃そうとしたがまともに力が入らず、淫らに濡れた中心が恥ずかしく男の目にさらされているのがわかった。両膝を折りたたむようにすると、アーサーがためらいなく身を屈《かが》める。

「な…、――あぁ……っ！」

温かい感触に中心がくわえこまれ、リシャールは大きく身体をのけぞらせた。

「アーサー…っ、アーサー……、そんな……っ」

無意識に男の髪をつかみ、引き剥がそうとしたが、かまわずアーサーはリシャールのモノに舌を絡め、さらに激しく奉仕する。いやらしく湿った音が絶え間なく耳につき、たまらなく恥ずかしい。

腰が溶けるような甘い感覚を必死にこらえ、ようやく男が顔を上げた時には息も上がっていた。

「どうして……？」

うつろにうめいたリシャールに、アーサーが唾液に濡れた唇を拭って不敵に笑った。

「言っただろう？　全部…、俺のモノにする」

そしてさらにリシャールの腰を引き寄せると、今度はもっと奥へと舌を這わせた。

「やっ…、あぁぁ……っ」

指先で奥の窄まりがあられもなく押し開かれ、舌先で襞が愛撫される。敏感な場所でやわらかく動く感触に、リシャールはただ身悶えするしかなかった。しかしがっちりと押さえこまれた腰はまともに動かすこともできず、ただ欲しいまま、男の舌になぶられる。

硬く引き締まっていた襞はあっという間に淫らにとろけ、逆に男の舌をくわえこもうと浅ましく収縮を始めていた。さらには大きく反り返った自分の前から、ポタポタと蜜が滴り落ちている。

そんな淫らな自分の身体がわかるだけに、さらなる涙が溢れ出す。

それでも肌を侵食する甘い快感と、こらえきれない羞恥とが身体の中で熱を上げながら渦巻いて、どうしようもなく肢体は快感によじれた。

「エリー…、そんなに泣くな」

いったん顔を上げたアーサーが、苦笑するように言ってリシャールの頬を撫でる。

そしてなめらかな肌を撫で下ろすようにたどり、溶けきって熱く潤んだ後ろへ指を二本、差しこんだ。

「――ん…っ、あぁ……っ」

ゆっくりと、痛みはなかったが、リシャールの腰は与えられた指をきつく締めつけ、貪るように味わってしまう。優しく何度も抜き差しされて、溢れ出す何かをこらえるように、無意識に男の腕をつかむ。

「気持ちがいいか……？」

吐息で聞きながら、アーサーは中に入った指をえぐるように深く差しこみ、熱い粘膜をかきまわして、探し当てた弱いポイントを指先で執拗《しつよう》にこすり上げる。

「あぁっ…、そこ…っ、……あぁぁ……っ」

思わず飛び出した自分のあえぎ声に、カァッと頬が熱くなった。

「もっと…、欲しくないか？」

喉で笑い、アーサーがリシャールの身体をわずかにきつく抱き寄せる。ゆっくりと引き抜いた指で、もの足りなげに淫らにうごめく襞をからかうようにいじりながら、耳元でそっとささやく。

まともに顔が見られず、リシャールは男の肩口に頬をこすりつけたまま、乾いた唇をわずかに湿して、ようやく言葉を押し出した。

「欲しい……」

頬も目元も赤くなっているのが自分でもわかる。

「俺もだ」

かすれた声で短く答え、アーサーが身を起こした。リシャールの腰を引き寄せ、熱くとろけた場所へ硬いモノが押し当てられる。

「あ……」

襞を掻き分けて入りこんでくるその感触に、リシャールは無意識に息を呑んだ。

「エリー……」

熱く名前を呼ばれ、そっと目を開いた瞬間、一気に腰が進められる。

「あぁぁぁ……っ！」

待ち望んだ熱が身体の芯を貫き、燃えるように全身へ広がっていく。

アーサーとつながったのだと、その悦びで体中が弾けそうだ。

男はそのままリシャールの腰をつかみ、何度も根元まで突き入れた。

「あぁっ、あぁぁ…っ、いい……っ！」

中が激しくこすり上げられ、あまりの快感に頭が白く濁《にご》る。リシャールは夢中で腕を伸ばして男の肩にしがみつく。

「もう……、イク……っ」

男の腰に足を絡め、自分から腰を振り立てて、リシャールはあっという間に達していた。

「エリー…、俺の……っ」

ほとんど同時に、うなるような低い声が耳に届いたかと思うと、たたきつけるように熱い飛沫《しぶき》が身体の中へ放たれる。

気怠《けだる》い熱をまとったまま、リシャールは糸が切れたようにシーツに落ちた。

が、その身体が上から押さえこまれ、中へ入ったままのモノがさらに深く突き入れられる。片足が抱えられ、激しく腰が揺すり上げられた。

「ア…サー……？　――んっ、ふ…、あぁぁ……っ」

あせって声を上げたリシャールだったが、アーサーの男にまったく萎えた様子はない。

熱く硬い感触がどろどろに溶けた中をえぐって、出したものをかき混ぜ、淫らに濡れた音を立てている。

「エリー……」

と、いったん動きを止めたアーサーがリシャールの身体を一気に抱き起こし、膝の上へとすわらせた。

「なっ…、あぁ……っ」

身体のバランスを保とうと、リシャールは反射的に男の首にしがみつく。

「ふ…、あ……っ、んん…っ」

と同時に自分の重さで根元まで深く男をくわえこんでしまい、背中が大きくのけぞった。

「エリー…、キスを」

ジンジンと痺れる下肢が少し落ち着いて、深い息をついたリシャールに、下から見上げた男が小さく笑って頼んでくる。

目を開けて、リシャールはそっと手を伸ばした。

自分を見つめたまま微笑んだ男の頬を撫で、身を屈めて、唇に自分の唇で触れる。

ぎゅっと切なく胸が締めつけられた。

「離さない」

唇が離れ、静かに言ったアーサーが、リシャールの胸に顔を埋《うず》めるようにして強く抱きしめる。リシャールも、男の頭を強く引き寄せた。

「ずっと…、離さないで……」

心の奥から絞り出すような声がこぼれる。

自然とまた唇が重なり、舌が絡み、何度も口づけを交わしながら、アーサーが腰を揺すり始めた。

「あっ…ん…、あぁっ…、あっ、あっ……ふ…ぁ…っ」

じわじわと広がってくる甘い熱に酔い、リシャールは自分から腰を持ち上げて快感を追いかける。

再び中が濡らされた感触と同時に、リシャールも達していた。

男の腕の中に崩れ落ちた身体が、そのままベッドへ横たえられる。

いつの間にか男の抜けた場所がじくじくと疼くように熱をはらみ、何かもの足りなさを覚えてしまうのに、リシャールは自分で頬を熱くする。

背中から汗ばんだ男の腕がまわり、大きな胸へと引き寄せられた。肩に、首に、うなじに、押しつけるようにキスが落とされる。

「獣すぎだな……」

ぐったりと重い身体にリシャールが思わず恨み言をつぶやくと、吐息で笑う声が耳元に落ちた。

「仕方がない。何年も何年も待ってようやくだ。まだ…、足りない」

さらりと言いながら、男の唇が背筋をたどってキスを刻みこむ。脇腹から腰を撫でた手が、いつの間にか奥へと入りこみ、まだ熱をはらんでいる部分が押し開かれた。中へ出されたものが、とろり…、と溢れ出す。

「アーサー…っ？」

あせったリシャールにかまわず、男の先端が押し当てられ、ゆっくりと挿入された。

「あ…あ……、あぁ……っ」

じん、と鈍い重みが腰へかかり、リシャールは反射的に中の男を締めつけるとともに目を閉じた。

ゆったりと腰を揺すりながら、アーサーは両手をリシャールの前にまわし、薄い胸を撫で上げた。

指に当たる小さな乳首を、きつく摘《つま》み上げ、押し潰《つぶ》し、転がすようにしてもてあそぶ。

「あ……」

こぼれそうになるあえぎを必死にこらえるリシャールを追いつめるように、アーサーは腰をゆるゆると動かした。

身体の中をえぐる男と、胸をもてあそぶ指と、そしてうなじや背中に甘噛みする歯の感触と。すべてが身体の中でぶつかり合い、一つの熱になって身体を高めていく。

さっきまでの激しさとは違い、身体の奥から煮詰められるような、抜け出せない快感に、思考も身体も、形が残らないほどに溶け落ちそうだった。

「イク……、もう……っ！」

息が熱く乱れ、男の腕の中で身悶えながら、リシャールは無意識に口走った。

が、その瞬間、強い指に根元が押さえこまれ、思わず声を上げてしまう。

「――あぁっ、どうして……!?」

せき止められた熱が腰の奥にたまり、ジンジンとこらえきれない疼きになる。

「まだだ…。一緒に……」

耳元で言った男が、さらにリシャールの肌に身体を密着させ、だんだんと激しく腰を使い始めた。

さらに深く、狙うように中がえぐられる。

「あっ…、あぁっ、あぁっ……、いい…っ、いい……っ」

恥ずかしくあえいだリシャールに、アーサーが吐息でねだる。

「エリー…、俺を……呼んでくれ」

「アーサー…、アーサー…っ、全部…、おまえの……っ」

意識もなく声を上げたリシャールの身体が強く抱きしめられ、根元まで深く突かれた瞬間、同時に達した。

だがアーサーの腕が離れることはなく、深い呼吸とともに男の匂いに包まれて、リシャールは心が震える。

これからずっとともにいられるのだと、ようやく実感した気がした。

この熱い、大きな腕の中に。

「これから……、どうする？」

男の胸にもたれたまま、リシャールはいつの間にか月の昇った窓の外を眺め、ぼんやりとつぶやいた。

先のことを何も考えなくていいという状況が、これまでのリシャールの人生にはなく、妙に落ち着かない気もした。

これまでずっと、一日先、ひと月先、一年先を計算して動いてきたのだ。

「とにかく、もっと東へ進もうと思う」

背中でアーサーが答えた。

そう…、少なくとも一、二年は、できるだけノーザンヒールから離れていた方がいい。

今いるセルベルロンの隣国は、大国パトラスだ。さらに東へ向かうと、パトラスと並ぶ大国であるカラブリアもある。

ノーザンヒールよりも遥かに栄えた国々で、新しい仕事や住む場所も見つかるだろう。

今の自分に何ができるのかはわからなかったけれど。

「だが、もう二、三日はダメだな…。ここから動けそうにない」

リシャールの髪を撫でながら、楽しげにアーサーがうそぶく。

それは激しすぎて身体がもたない、という意味なのか、それとも、まだ当分は満足できない、という――

「今日はまだ…、できるぞ？」

……意味のようだ。

楽しげに背中から届いた声に、リシャールはちょっと肩越しににらむ。

「そうだ」

少しとぼけたような顔をしていたアーサーが、ふと思い出したようにベッドの下に腕を伸ばした。

指先で引っかけるようにして、脱ぎ捨てた服の間から細い革の紐を持ち上げる。

その先についていた小さな銀の指輪に、リシャールはハッとした。

遥か――遥か幼い日に、リシャールが渡したものだ。

アーサーがずっと首から革紐を提げていたのは気づいていたが、服の下だったのでそれが何かはわからなかった。

まだ持っていたのか…、と。さすがに驚く。

とうの昔に投げ捨てていてもよかっただろうに。

遠い日の約束の印だった。リシャールにとっては。

「ずっと預かっていたものだ。ようやくおまえに返せる」

小さな指輪を紐から外し、手のひらにのせて差し出しながら大きな笑顔でアーサーが言った。

無意識に上体を起こしたリシャールは瞬きし、震える手でそれを受けとる。

そう…、このフェルマスの紋章が入った指輪を、あの日、アーサーに預けた。

自分の命と、生涯を——そしてフェルマスの未来を、この男に託す思いで。

その願いは成就したのだ。

リシャールはぎゅっと指輪を手の中に握り、自分の胸に押しつける。

そして今度は逆に、アーサーに指輪を差し出した。

「アーサー…、では、あらためてこれを受けとってくれないか？」

「いいのか？」

アーサーが少し驚いた顔をする。

「おまえの…、思い出のものだろう？」

リシャールの手に残された、唯一の、故国との絆だ。

「だからだよ」

リシャールはそっと微笑んだ。

だからこそ、アーサーに持っていてほしかった。

今のリシャールが贈ることのできるたった一つのもので、——そしてアーサーが持っていてくれることが、なにより自分がそばにいられる証のようにも思えるから。

まっすぐに目を見つめて言ったリシャールに、アーサーが破顔する。

「だったら、おまえが俺にはめてくれ」

……永久《とわ》の誓いのように。

ずいっと左手を差し出され、さすがにリシャールも自分が言ったことにちょっと頬が赤くなる。

「子供の時の指輪だぞ？　小さすぎるだろう」

「小指なら大丈夫じゃないか？」

促されて、ドキドキしながらそっと小さな指輪を男の小指に通していく。本当にちょうど、きれいに男の指に収まった。

ふいに胸がいっぱいになる。

想像もできなかった。こんな——。

アーサーがその手で、リシャールの手をとった。強く指を絡める。

「急ぐ必要はない。二人で……、俺たちの未来を探そう」

もう片方の手で優しく髪を撫で、耳元でささやく。

「ああ…」

穏やかなその言葉に、こぼれそうな涙を必死にこらえ、リシャールもうなずいた。

これからは二人で、新しい未来を作っていけるのだ——。

※　　　※

もう五年なのか、まだ五年なのか。

その後。そして、五年後

あのあと、結局数日をメッシナの港で過ごし、セルベルロンの都へ移ったあと、陸路でパトラスへ向かうという貿易商の一行の用心棒のような仕事を得て、パトラスまで同行した。

さすがに大きな都で、そこではふた月ばかりも滞在したあと、やはり用心棒だとか、市場や農家の手伝いだとか、細かい仕事をしつつ、さらに東のニノア同盟国へと移動した。

パトラスに比べると、落ち着いた雰囲気の国だ。いくつかの小国が同盟国として団結して両隣にある大国に対抗しているという、おもしろい政治形態でもあり、興味深い。

そこでもそれぞれの国をまわって、モレア海随一の港町だというパドアには、やはりひと月ほどもとどまってから、さらに隣国のカラブリアを目指す。

しかしその当時、カラブリアはどうやら少しばかり騒がしかったようだ。他のモレア海沿岸の国々でも大きな関心事だったので、リシャールたちの耳にもその話題はよく飛びこんできていた。

カラブリアの海軍で反乱があった——、という話だ。

正しくは、カラブリアの海軍の中で中核を成していた「プレヴェーサ」と呼ばれる一族が王に反旗を翻し、国を捨てて海賊にもどった、ということらしい。

どうやら先々代あたりの時代に契約を結び、カラブリアがその海賊の一族を海軍として召し抱えていた、という歴史があったようだが、カラブリア国王としてはもちろん、そんなことを認めるわけにはいかず、交戦状態になっているようだった。

「だから、あのへんの海は、いまちょっと危ねぇんだよなー」

と、近隣の船乗りや漁師たちも少しばかり不安げだった。

正直、リシャールたちからすると、ちょっと信じられない話だ。カラブリアのような大国を相手に、単なる「一族」で戦いを挑むなどとは。

しかし沿岸の港で話を聞く限り、意外にも海賊たちの評判は悪くない。まあ、獲物にするのが金を持った商船ばかりだから、ということもあるのだろう。

そして戦況も、どうやら悪くないようだった。なにしろもとは海賊の一族だ。海での戦い方を熟知している。海賊たちなどあっという間に殲滅《せんめつ》できる、と高をくくっていた海軍は鼻面をとって引きまわされ、右往左往している状態のようだった。

そんな傍目《はため》にはおもしろそうな状況の中、アーサーと二人、カラブリア領内のマラガという小さな港町へさしかかった時だった。

いきなりカラブリアの兵士たちに取り囲まれ、どうやらその海賊の一味ではないかという疑いをかけられた。もちろん否定したが、証明できるものを何か持っているわけではない。どころか、素性を明かすこともできない。

結局、力ずくで逃げ出したところを助けてくれたのが、その海賊たちだった。

当時の一族の統領が、ローレン・ファーレスという男だった。カラブリアの軍属だった時には、侯爵位を持っていたらしい。

「よい教育を受けてきたようだな。訛《なま》りがほとんどない」

少しリシャールたちと話して、そんなふうに看破したのはさすがだった。

言葉遣いや身についた教養や礼儀作法、系統だった剣の扱い方あたりで、素性の一端も、おそらく察していたのかもしれない。少なくとも北方の、名家の出だということは。

迷惑をかけた、とあやまられ、行きたいところまで送ってくれるという話だったのだが、いつの間にか海賊たちと行動をともにするようになっていた。

過去をまったく尋ねてこない彼らの空気が、やはり心地よかったのだろう。

まさか、海賊とは……、とリシャールも自分の転身に驚くばかりだったが、アーサーは持ち前の好奇心ですぐに溶けこみ、そしてあっという間に頭角を現した。

そして今では、船を一隻任せられるまでになっている。

アーサーほどにはすんなりと馴染めなかったリシャールだが、今では荒くれ者たちの扱いも覚え、今回、メッシナへ寄港した時も、三日ほどはアーサーと別行動だった。

情報収集に出かけたアーサーを見送り、船の補給品を手配しながらの留守番だったのである。

アーサーは艦長となり、北方との交易も多いメッシナへ寄港するたびに、ノーザンヒールの情報を集めるようにしていた。

数年前には、ノーザンヒールがアーサーの王位継承を正式に承認し、さらにそこからルースに譲られたことを明言した——、という話を耳にしていた。ルースの戴冠式や、ユリアナ皇女ご成婚の話題なども入ってきていた。

ノーザンヒールでは国を挙げての大きな出来事のはずだが、このあたりでは北の辺境の国からもれ聞こえる小さな話題でしかない。

そんな国力の差も、外に出て初めて実感する。

だが少しずつ、ノーザンヒールは変わっているのだとわかった。いくどもの政変を乗り越え、人々が団結し、国が落ち着いてきたのだろう。きっとこれからどんどん大きく、外へと開いていく。

レイモンの姿をメッシナで見られたことが、そのなによりの証拠だった。

「ルースがレイモンを派遣したんだろうな…。まずはセルベルロンと確固たる関係を築き、それを足がかりに、大国とも交流を深めるつもりだろう」

アーサーが唇を撫でながら、考えるようにつぶやく。かつての、王太子として、王としての表情が垣間見《かいまみ》える。

「そういえば、ルースの結婚話も出ているようだ。国益を考えれば、このあたりのどこかの王室から迎えるのかもしれないな」

と、そんな噂話《うわさ》を仕入れたのか、思い出したように言ったアーサーに、ああ…、と、リシャールもうなずいた。

ルースには幼い頃のイメージしかない。だが最後に会ったのは十八歳の時で、今は二十三だ。立派な大人だった。若き国王でもある。

「そういう年だからな。いつまでも独り身でいるわけにはいかないだろう。政略結婚にはなるが、すでに国王の立場でもある。このあたりでも、王女を嫁にやりたい王室は多いだろう」

「まあな…。だが俺としては、国の利益より自分が惚《ほ》れた相手を迎えてほしいけどな」

さらりと言ってから、ちらっと意味ありげにリシャールを眺める。

言いたいことはリシャールにもわかって、ちょっと頬が熱くなったが、素知らぬふりを通した。

「その方がずっと幸せだ」

何気ないように続けてから、アーサーは軽く身を屈め、剥《む》き出しのうなじにキスを落とそうとする。

「こら、艦長。船の上だぞ」

リシャールはその顔を片手で押しもどした。

「ひさしぶりの再会じゃないか」

「たった三日だろう？」

「三日もだ」

腕を組み、ふん、とアーサーが鼻を鳴らす。

かつては何年も会わずに過ごしたはずなのに、と思うが、やはりくすぐったいようにうれしい。

「キスだけで手を打とう」

リシャールの腰に手をまわし、いかにもしぶしぶという調子で言ったアーサーに、リシャールはわずかに眉をよせた。

だけ、とは？

「夜まで我慢しろ」

「無理だ。艦長命令」

短く言い切ると、アーサーがリシャールの顔を押さえこみ、強引に唇を重ねてくる。

さらに深く舌が味わわれ、とっさに突き放そうとした手はいつの間にかアーサーの首を引き寄せている。

「――うおっと…！　勘弁してくださいよー」

「ったくもー、お熱いのはわかってますからさぁ…。そんなに見せつけないでくださいよぉーっ！」

遠くから配下の海賊たちの投げやりな、うなるような声が聞こえてきたが、アーサーはしっしっ、と片手で追い払う。

くぅん…、とスクルドもあきれたように小さく鳴いて、ゆっくりと甲板を降りていく。

人生のどの選択が正しく、どの選択が間違っていたのかはわからない。

ただどれだけ遠まわりしたとしても、今、腕の中にある温もりは、おたがいが手を伸ばして得た確かなものだった――。

end.

あとがき

こんにちは。今回はめずらしく上下巻で、たっぷりファンタジーになります。ひさしぶりにスケール大きめ、恋に、陰謀に、だまし合いに、政変に、というお話が書けてうれしいですね。

実はもう数年前に書いたお話でしたが、紆余曲折の末（や、根本的には私の責任なのです。あちこちご迷惑をおかけして申し訳ありませんでした……）ようやくリンクスさんで出していただけることになり、感謝しかありません。本当にありがとうございました！

ただ内容を考えてみると、リンクスさんに着地できたのはもしかして運命？ と思わないでもない……ですね。あとがきから読まれている方のためにネタバレはいたしませんが、昔の私のリンクスさんでの本を読んでいただいている方には、にやりとしていただけるオチ（なのか？）ではないかと思います。ふふふ。もともと考えていたわけではないのですが、途中で何となく「ああ、あそこにつながるのかも…」とふっと思ってしまいまして。そして大ラスで「行き着いちゃったか…」、という感じでございました。時間軸としては、こちらのお話の方が早いですね。既刊のお話の始まる少し前につながる感じでしょうか。お心あたりのあります方は、また少し、そちらのお話を思い出していただけると幸せです。

こちらのお話で、初めて私の本を読みましたよ、という方がいらっしゃいましたら、ちょこっと折り返し裏をチェックしていただければありがたいです。とはいえ、キャラもお話の内容もまったくかぶっておりませんので、それぞれにお楽しみいただければと。

さて、内容ですが、……うん。ひさしぶりに（？）「また受けをひどい目に！」と言われそう、とヒヤヒヤしながら校正をしておりました。……いや、はい。これは否定できる気がしない…（大汗）。なんか、この手のファンタジーだと受けが悲惨な目に遭いがちなのかしら……？

同い年の幼馴染みカップルなので、個人的にはとても好きな設定なのですが、二人ともに違う国の、それぞれにお世継ぎの皇子様同士ということもあり、なかなか結ばれるまでにハードルが高かったですね。アーサーが私のキャラとしてはめずらしいくらいにまっとうな人で、腹黒くもなく（笑）それだけに少し不器用だったでしょうか。リシャールの方も、とてもまっとうなのですが、やはりそれだけに茨の道を選択してしまいました。苦難の末に二人が結ばれるのかどうなのか⁉　というところも、ドキドキハラハラしながら追いかけていただければと思います。

……というか、こちらの話を半分くらい書いたところで、いろいろヤバいな…、と我ながら感じてはいたのです。Bたちの Lなお話のはずなのに、主役の二人が後半ほぼ顔を合わせてない状況って…？　というのに加えて、え、もしかしてこの二人、本編中にラブなシーンが出てこない!? という、なかなか致命的な展開に気づいてしまいまして（プロットの段階で気づけよ、と自分でも思いますけれども）。かと言って、このクライマックスのシーンのあとに続けるのは、あまりにテンションが違いすぎるし、間延びしそう、というのをひしひしと感じ、あ、後日談いれないと、と早い段階で悟っておりました。というわけですので、勢いのまま後日談まで読み進めていただけるとありがたいです。幸せな二人に行き着けるはず…！ そしてこのあとも、しがらみから解き放たれて自由に生きている二人を想像していただけると、書いたものとしては本望です。二人が合流した先をご存知の方は、きっと楽しくやってるなー、と思っていただけるかと。まあ、仕事が仕事なので、常に生死の境にいる……といえばいるのですが、気の合う仲間はいっぱいできるはずですもんねっ。

そして今回、お忙しい中、イラストをいただきました北沢《きたざわ》きょう先生には本当にありがとうございました。表紙の二人は、本当に強く、美しく、気高く、運命と闘っているようで、どきどきと見惚れております。デザインもとてもカッコよくて、できあがりを拝見するのがとても楽しみです。さらには編集さんにも、いつもながらお手数をおかけして申し訳ありませんでした…。今回は上下巻ということで、分量も内容も異常に大変だったかと。ハッ。本としては初めてでしたね!? これに懲りずにお付き合いいただけるとありがたいです。なにより、無事に出ているのは関わってくださった方々のおかげです。本当にありがとうございました！
　最後になりましたが、ここまでお付き合いいただきました皆様には心から感謝を。最近はなかなかこの手のファンタジーを書く機会も、お読みいただく機会も減ってきているのかなー、と淋しい気もするのですが、やはり好きなものは好き！　ということもあります。三つ子の魂ということでしょうか。私もわりと守備範囲は広めで、アレコレとなんにでも手を出してみる方ではあるのですが、それはそれとして（笑）。昔から好きなジャンルは、やはり続けていければ幸せです。こちらの本を手に取っていただきまして、本当にありがとうございました！　世界観の中で、いっときキャラたちとドキドキワクワクを共有していただけるとうれしいです。
　それではまた、どこかでお会いできますように――。

11月　戻り鰹が真っ盛り。芋と柿もたくさんいただいて、やっぱり秋は美味しい……！　そして、忍び寄るおでんの季節。

水壬楓子《みなみふうこ》

アーサー・アマディアス・ランドール
ノーザンヒール王国の第一皇子で、世継ぎの王太子。

リシャール・エルティア・メイレイン(エリー)
フェルマスの世継ぎ。ノーザンヒールに人質として滞在している皇子の一人。
のちに、ローゼンベリー侯爵を名乗る。

オーガスティン・ネルバ・ランドール
ノーザンヒール王国の国王。アーサーの父。

マヌエル・シルベニウス
ノーザンヒールのたたき上げの軍人、大佐。アーサーの剣の師匠。

レイモン・アルバック
ノーザンヒールの貴族の子弟。アーサーの側近であり、親友。

ルース
アーサーの弟皇子。

ユリアナ
アーサーの妹皇女。

カイル・ファンネル
ロードベルの世継ぎ。ノーザンヒールに人質として滞在している皇子たちの一人。

スクルド
リシャールの飼い犬。主に忠実だが、アーサーにも懐いている。

ジュリアス
リシャールの従兄弟。フェルマスの王族の一人。

フローリン
リシャールの妹皇女。

ニナ
リシャールの侍女で、密偵。

「光と影の王」索引

ニアージュ地方

北の大海と南の山脈に挟まれた、大陸の北方一帯の地域。かつて大小の王国が乱立しており、30年前に「同盟軍」と「連合軍」に分かれての大きな戦いがあった。

ノーザンヒール

ニアージュ地方のある王国の一つ。30年前の戦いで勝利した「同盟軍」の中心国で、現在もっとも勢力がある大国。

フェルマス

ノーザンヒールの隣国で、リシャールの故国。旧同盟軍だが、冷遇されている小国の一つ。

ニブルー

元はフェルマスの一地方で葡萄酒の名産地。ノーザンヒールに併合された。

ロードベル

ニアージュ地方の東に位置する王国。カイルの故国。
旧同盟軍の一つで、現在はノーザンヒールに次ぐ国力がある。

アレンダール

旧連合軍の中心となった東の王国で、敗戦し、現在は国としては消滅している。領土は旧同盟軍の国々で分割され、大半はロードベルの領地となったが、ノーザンヒールの直轄領になる飛び地もある。

コーネリアス

旧アレンダール王国の皇子。敗戦後の幼い頃から現在まで、ロードベル領内の館に幽閉されている。

オレグ

ロードベルより派遣されたカイルの側近で、お目付役。

フィル

ノーザンヒールの新兵で、政変後、アーサーと行動をともにする若者。

ダミー《だみー》

水壬楓子
イラスト：佐々木久美子

940円（本体855円+税10%）

人材派遣会社『エスコート』の調査部に所属する環は、オーナーの榎本から、警備対象の影武者になる仕事を引き受けさせられる。その間、環のボディガードにあたるのは、警視庁のＳＰ・国沢だった。彼とは大学時代の同級生で、かつて環は彼に想いを寄せていた。しかし辛い恋の経験から、それを告げずに彼の前から逃げるように姿を消した環。約十年ぶりに再会し、共に行動する中で環は捨てたはずの国沢への想いを再び募らせていき…？

リンクスロマンス大好評発売中

クライアント《くらいあんと》

水壬楓子
イラスト：佐々木久美子

940円（本体855円+税10%）

人材派遣会社『エスコート』に所属するボディガードの鞠谷希巳は、ダン・サイモンのボディガードとしてアメリカに赴いた。迎えにきたのはダンの養子であるジェラルドで、鞠谷の美しい容姿から本当にボディガードなのか、ダンと恋愛関係にあるのではないかと疑っていた。一緒に過ごすうち、二人の関係は修復され、距離が縮まっていくが、実は鞠谷とダンとの間には秘められた理由があり…？

大人気『エスコートシリーズ』第二シーズン始動!!

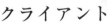

晴れの日は神父と朝食を《はれのひはしんぷとちょうしょくを》

水壬楓子
イラスト：山岸ほくと

957円（本体 870円+税 10%）

ドイツ生まれの椰島可以に引き取られて日本で暮らしていた。家でも大学でも可以にこき使われ、大学の同級生には同情されていたがディディエは可以のことが大好きで、二人の生活には満足していた。しかし、そんな二人にはある秘密があった。実は吸血鬼であるディディエは週に一度、可以に血を飲ませてもらうかわりにセックスをしていたのだ。そんなある日、ディディエは大学内で突然、「吸血鬼だよね？」と同級生に話しかけられ…!?

リンクスロマンス大好評発売中

満月の夜は吸血鬼とディナーを《まんげつのよるはきゅうけつきとでぃなーを》

水壬楓子
イラスト：山岸ほくと

957円（本体 870円+税 10%）

教会の「魔物退治」の部門に属し、繊細な雰囲気の敬虔な神父である桐生真凪は、教会の中でも伝説のような吸血鬼・ヒースと初めてコンビを組んで、日本から依頼のあった魔物退治に行くことになる。長身で体格もいい正統吸血鬼であるヒースに血を与える代わりに、「精」を与えなければならず、真凪は定期的にヒースとセックスをすることに。徐々に彼に惹かれていく真凪だが、事件を追うにつれヒースが狙われていることを知り、真凪は隠れているように指示し、自分は必死に黒幕の正体を探ろうとする。しかし、逆に真凪が拉致されてしまい……？